ギンガムチェック と 塩漬けライム

翻訳家が読み解く海外文学の名作

CHECKED GINGHAM AND PICKLED LIMES

鴻巣友季子
Konosu Yukiko

ギンガムチェックと塩漬けライム

翻訳家が読み解く海外文学の名作

"It's nothing but limes now, for everyone is sucking them in their desks in schooltime, and trading them off for pencils, bead rings, paper dolls, or something else, at recess."

Amy March, *Little Women*

装　幀　坂川朱音
装　画　くぼあやこ
校　正　河津香子
DTP　ドルフィン

まえがき
Preface

この本のページをひらいてくださったみなさん、ありがとうございます。これから外国文学の名作をたくさんご紹介します。どれも私が小学校、中学校、高校、大学を通じて読んできた本、つまり翻訳者としての私を形作った本ということになります。

タイトルは『ギンガムチェックと塩漬けライム』。ちょっと変わった題名です。その由来をお話することが、本書のまえがき代わりになるかもしれません。

私は幼い頃からなぜか外国文学を好んで読んでいました。気がつくと外国のお話を手にとって読んでいる。

子ども向けの偉人伝に始まり、古典名作をやさしく書き直した少年少女世界文学全集で、ゲーテ、スタンダール、ヘッセ、ジッド、トルストイ、ブロンテ、ディケンズといった作家たちの名著に触れ、オルコットの『若草物語』、モンゴメリの『赤毛のアン』、ウェブスターの『あしながおじさん』や『おちゃめなパティ』といった少女小説を夢中で読みました。

どうして外国の物語にそんなに惹(ひ)かれたのか？　最近では、外国の翻訳文学は「ロジオン・ロマーヌイチ・ラスコーリニコフ」などというカタカナの名前が覚えにくいし（『罪と罰』の主人公ですね）、「ペンテコステ」（キリスト教の祭日）など知らない行事や文化が出てくるので読みにくいと、敬遠されてしまうこともあるようです。

たしかに海外文学というのは、外国文化への知識があればより深く味わえるかもしれません。とはいえ、小説や詩や戯曲といった文学作品は、なにもかもいっぺんに理解すべきものでしょうか？

私の場合は、むしろそういう「へんてこさ」や「ふしぎ」を楽しんでいたのだと思います。外国文学の翻訳で、聞き慣れない名前の食べ物や、ドレスや、季節の行事に出会うと、妙に胸がときめきました。

たとえば、しゅす、びろうど、フラシ天……こんな言葉が出てくると、なんだか知らないけど、すべすべ、ふわふわした生地なのだろうと思って胸が躍りました。いまなら、サテン、ベルベット、プラッシュなどと表記されるものです。

カタカナで書かれていてもうっとりしました。シフォン、タフタ、オーガンジー……その語感からして、それはもうすばらしいものに違いありません。

食べ物にも、ふしぎな訳語はたくさんありました。軽焼きまんじゅう、蒸し餅、しょうがパン……そう、順番に、シュークリーム、パン、ジンジャーブレッドのことです。明治・大正・昭和の先人翻訳家たちが充（あ）てた苦肉の訳語なのですね。

もっと大胆な訳し換えもありました。たとえば、『ナルニア国物語』に出てくるお菓子ターキッシュ・デライト（和菓子の「ぎゅうひ」の食感に似た、砂糖とコーンスターチなどを固めた甘い菓子）は、瀬田貞二さんの初訳では「プリン」と訳されていました。

あるいは、『旅情』という英米合作の恋愛映画の傑作がありますが、このなかに「ステーキを食べたくても、スパゲティを出されたらスパゲティを食べなさい」という、清水俊二さんによる字幕のセリフが出てきました。じつは原文は「ステーキが食べたくてもラヴィオリ（具材を包んだ小さなパスタの料理）を出されたらラヴィオリを食べなさい」なのです。ターキッシュ・デライトやラヴィオリという食べ物が日本に浸透していない頃に、なんとかして原文の意味と意図を伝えようとした翻訳家の苦労がにじみ出ていて、胸がじんと熱くなります。実際、『旅情』はこの名字幕をもって日本で大人気となり、いまも名画として語り伝えられていると言っていいでしょう。

『ギンガムチェックと塩漬けライム』というタイトルには、こういうなんだかわからないけど素敵そうなあのアイテム、美味しいのか不味いのかわからないのに魅力的な謎の食べ物へのあこがれとふしぎを込めました。それと同時にこうした先達翻訳家が歩んできた道のりへの敬意も。

ときめきに満ちた海外名作との時間をどうぞお楽しみください。

Contents

第三章　奇妙な夢と苦い挫折

第四章　大人のための童話

第五章　強く生きる女性たち

第六章　未来の予言

本書の訳文引用は、とくに断りのないものについては筆者による翻訳・抄訳です。

第一章
青春の輝き

『あしながおじさん』ジーン・ウェブスター

Daddy-Long-Legs *Jean Webster*

未知の世界への扉を開いた一冊

ジーン・ウェブスター（一八七六―一九一六）
米国ニューヨーク州生まれ。大学卒業後、一九一二年に『あしながおじさん』、一五年に『続あしながおじさん』を出版し、評判となる。社会事業への関心も強く、刑務所改善の特別委員なども務めた。マーク・トウェインは母方の大叔父。

さあ、幕開けには、アメリカの作家ジーン・ウェブスターの『あしながおじさん』（一九一二）を読んでいきましょう。

この小説には、私の幼少期からの思い出がつまっています。ひと言で言うと、私の文学人生の原点になった一冊です。この本との出会いがなければ、翻訳家という職業も選ばなかったのではないかと思うほど、多大な影響を受けています。

ほかの少女小説に比べて何が私をそんなに惹きつけたのか。それは、孤児院育ちで作家を目指す主人公ジュディが発揮するユーモアとアイロニー、とくに後者だったのだと思います。

この小説の大きな特徴は、「書簡体」つまり手紙の形式で書かれていることです。文学史に残る書簡体小説の名作は多々あり、たとえば、ドイツのゲーテによる『若きウェルテルの悩み』(一七七四)などは、一人の青年の書く手紙から主に成っています。あるいは、複数の人物が手紙をやりとりする形式の小説もあります。

それらと『あしながおじさん』が違うのは、主人公が連綿と書き送る手紙に、ただの一通も返信がないことです。「おじさん」が手紙を読んでいるのかもあやしい、一方通行の「発信」なのです。もともと批評精神と機知に富んだジュディは、返事の来ない相手とわかりつつ、そのことでどうしても何か言いたくなってしまう。

いうなれば、『あしながおじさん』の名文はこじれた愛のたまものなのでしょう。これについては、のちほど詳しくお話ししたいと思います。

蚊トンボのようなスミス氏

十八歳のジルーシャ・アボットは進学できずに孤児院で働いていますが、彼女の文才が「ジョン・スミス」という仮名の紳士の目に留まり、大学に進学できることになります。スミス氏が援助の条件として挙げたのは、月に一度は学校生活について報告する手紙を書いて彼に送ること。

ジルーシャは哀しい過去とつながった名前をきらって、「ジュディ」と自ら改名し、生まれ変わろうとします。毎日が新しい世界の発見の連続でした。学校で勉強する哲学、ギリシア・ローマの古典文学、歴史、科学などのリベラルアーツ。

スミス氏と約束した手紙ですが、書くことが大好きなジュディは「月に一度」などという頻度では満足できません。日々、こと細かに手紙を書き綴る(つづ)ものの、当然、梨のつぶて。業を煮やしたジュディは自分の頭の中にある「おじさま」像を絵に描きます。彼について知っていることと言えば、

一、あなたは身長が高い。
二、あなたはお金持ち。
三、あなたは女の子が大きらい。

ということぐらいでしたから、蚊トンボのような人物画ができあがりました。これが、原題 *Daddy-Long-Legs* の由来です。いまでは邦題は『あしながおじさん』で定着していますが、大正八(一九一九)年に東健而によって初めて邦訳されたときには『蚊とんぼスミス』という邦題でした。

「知らない」は宝物

ジュディが綴る学校・寄宿舎生活は、本作を初めて読んだ小学校四年生の私にとっても未知の世界でした。文学にも社交生活にも素養がないジュディは自分の物知らずを思い知りますが、彼女の無知はそのまま私自身のそれに重なり、「世界には知らないことが無限にある！」という興奮を呼び起こしました。

大学生のジュディは初めて知った作品、登場人物や作家を羅列します。『マザー・グース』『デビッド・コッパーフィールド』『シンデレラ』『ロビンソン・クルーソー』『ジェイン・エア』『ふしぎの国のアリス』『宝島』、シャーロック・ホームズ、メーテルリンク……。

私は聞いたこともない固有名詞が出てくるたびにわくわくして、「よし、これは覚えておこう」と思い、小学校の図書館にあった「少年少女世界文学全集」を片っぱしから借りてくることになったのでした。

そうして『あしながおじさん』の中で出会った一冊が、後年、翻訳家になって新訳することになるエミリー・ブロンテの『嵐が丘』です。ある日のジュディの手紙に、「わたしのいちばんの愛読書は何だとお思いになりますか？（…）『嵐が丘』です」と出てきたので、さっそく借りてきたのでした。こうして西洋文学の基礎は『あしながおじさん』で学んだと言っても過言ではありません。

文学だけでなく、『あしながおじさん』には外国の知らない物事がたくさん出てきました。「ギンガムチェック」「絹くつした」「ごましお頭」「塩漬けライム」……。「塩漬けライム」は「塩漬けのレモンみたいなものなんてまずそう……」と思いましたが、これは『若草物語』にも出てきて、女の子たちはこれをやりとりすることで交遊するのですね。もらったのにお返しができなければ肩身が狭い。昭和の日本でいえば、メンコとかシールみたいな社交通貨だったのでしょう。

原文では、pickled limes です。「ライムのピクルス」ですね。昔の日本ではピクルスというものが浸透していなかったので、「塩漬けライム」のほか、「酢漬けライム」とか「砂糖漬けライム」などとも訳されました。どうして同じ原語なのに、そんなに訳語が変わってしまうんだ!?と不審に思われるかもしれませんが、作り方からすると、どれも誤訳ではないと思います。pickled lime の材料には、砂糖、ヴィネガー、塩のどれもが含まれますから、かつての翻訳家たちはそれぞれの方法で「ピクルス」の何たるかを伝えようとしたのでしょう。

私は自分の知らないこと、〝ここと は違う、遠いどこか〟のことが書かれているから、『あしながおじさん』に夢中になったのですが、最近は「翻訳文学は名前が覚えにくいし、知らない世界のことが出てくるから敬遠してしまう」という声も聞きます。読んだとたんにすっと頭に入る抵抗のない読書は心地よいですが、でも、小説というのはぜんぶわからなくてもいいと思うんです。十年、二十年してから、「あれはそういうことだったのか！」と理解するぐらいの遅さがあってもいいと。二十年後の「わかった！」という瞬間は人生の宝物ではないでしょうか。

書簡体という小説形態

『あしながおじさん』の大きな特徴は「手紙」の形をとっていることだと先述しました。書簡体というのは文学史のなかでとても重要な要素です。

書簡体小説の名著といえば、十八世紀のイギリスではサミュエル・リチャードソンによって『クラリッサ』（一七四八）という駆け落ち小説が生まれて旋風を巻き起こし、ドイツではこの小説に影響を受けたゲーテによって『若きウェルテルの悩み』（一七七四）が書かれ、フランスでは、のちにハリウッドで同名映画の原作となる『危険な関係』（一七八二）という往復書簡小説がラクロによって書かれました。

いま挙げた三作は数十年のうちに書かれていますね。この頃に書簡体小説がよく書かれたのは、理由があると思います。ひとつは「一人称文体」を育てるということです。十八世紀というと、novel（小説）という散文形式が急速に発展した時期です。また近代化とともに個人のもつ視点が重んじられるようになり、文学は成熟した「一人称語り」を必要としていました。

大昔の神話などに出てくる一人称の語り手は、お話の外にいるナレーターであることが多い。物語とは直接関わらずに出来事を語り、ときに登場人物の代弁をしたり、自らの意見を述べたりする。それが、だんだんナレーターが登場人物も兼ねた役どころになっていきます。自分で自分の体験について書くのです。サリンジャーの『ライ麦畑でつかまえて』などを思い浮かべるとわかりやすいかと思います。十八世紀ごろはその過渡期で、自分で自分のことを書いても不自然ではない手紙という表現方法を通じて、小説の「一人称文体」が成熟していったのではないかと思うのです。

こじれた愛の生んだ名文

さて、『あしながおじさん』のつづきです。スミス氏の援助でジュディ・アボットは大学生活を送り、サリー・マクブライドやジュリア・ペンドルトンといった友だちにも恵まれ、それを通じてサリーの兄ジミーや、ジュリアの叔父ジャーヴィスといった裕福な異性たちとも知り合っていきます。

本作も小説の一人称文体の可能性を大きく広げた作品ですが、先に挙げた小説群と違うのは、通信が一方通行であることでしたね。文学には、「届けられなかった手紙」のモチーフというのがあります。『ロミオとジュリエット』は手紙が届かなかったことで悲劇へと突き進み、『嵐が丘』も家政婦のネリーが故意に手紙をすぐには渡さなかったことで事態が進展します。

しかし『あしながおじさん』のプロットが卓抜なのは、手紙は確実に届いているはずなのに一切の返信がないところです。「スミス氏」から返事は来ないとジュディは最初から聞かされていますが、どうしても親愛の気持ちがこじれてしまう。本当に手紙を読んでくれているの？　そんなやるせない気持ちを彼女は絶妙な皮肉や風刺の言葉をまぶしながら伝えます。自虐的なことを書いてもじめじめせず、ちくっと刺してみせる、そういう強靱(きょうじん)な知性に、小学生の私は惹かれたのだと思います。

ジュディはよく手紙の「追伸（二伸）」の部分でおじさまにからむんですよ。たとえば、

追伸　わたしはどんなお返事も望むべきではないのは承知していますし、なにか質問などしてご迷惑をかけてはいけないと言いつけられておりますが、これだけはお答えいただけませんか（…）おじさまはまるハゲなんでしょうか、それともちょっぴりハゲですか？

追伸　わたしの質問には忘れずにお答えくださいますよう。もし手紙をお書きになる

のが、ご面倒なら秘書に電報を打たせてくださいませ。……スミスシハマルハゲナリ　または　スミスシハハゲニアラズ、または　スミスシハシラガナリ

禿げ頭は原文ではbald。スミス氏がbaldか否かにジュディは妙にこだわります。この話題にかこつけておじさまの気持ちを手繰り寄せようとしているのですね。大事な単語なのです。本作のオフブロードウェイ版のミュージカルでは、ジュディがとうとうスミス氏と顔を合わせるシーンの歌のさびで、"baaald!" と熱唱するぐらいです。

追伸に表れる心の変化

ジュディはジュリアの叔父ジャーヴィス・ペンドルトンと出会うと意気投合します。彼に惹かれるうちに、堅物の彼女の心にも柔らかな感情が芽生えだし、その繊細な心の変化は追伸にもよく表れています。

追伸　今朝鏡を覗いたらこれまで見たことのないまるで新しいえくぼを一つ発見しました。いったいどうしたことでしょう？　どこから来たと思われますか？

夏に滞在した農場をジャーヴィスがたまたま訪れた際には、ふたりでスティーブンソンの『宝島』の話題で盛りあがります。ジュディは『宝島』がどんなに面白い小説かを手紙に綿々と綴り、こんなにスティーブンソンのことばかり書き連ねてごめんなさいと書き添えます。その手紙の追伸はこんなふうです。

追伸　この手紙を読み返してみたら、スティーブンソンのことばかり書いているわけではないですね。ジャーヴィ坊ちゃまにもちらっと触れている点が一、二か所ありますもの。

『宝島』も、ジャーヴィスと一緒に読んだからいっそう楽しかったようですね。そんな心の機微を追伸にそっと忍びこませているのです。

ジュディがダンスパーティのためにドレスを新調するシーンを読んだときには、8歳の私も胸を躍らせたものです。松本恵子訳（新潮文庫、絶版）によれば、こんなドレスでした。

「淡いピンクのクレープデシンで黄みがかった茶色のレースとばら色のしゅすの飾りがついていました」

私は「クレープデシン」も「しゅす」も知りませんでしたが、なんだか眩（まばゆ）くてうっとりとなりました。ジュディは、最近自分はあることを発見したと書きます。それは――

「私は美しゅうございます」（松本訳）

ということです。ここの訳文にもぽうっとなったものですが、彼女のこの自信はきれいなドレスだけがもたらしたものではないでしょう。自信をつけるにつれ、彼女の心に自立心が育っていくのも読みどころです。ジュディは女性の権利についても学び、自分なりの意見をもつようになります。アメリカで女性のsuffrage（参政権）が認められたのが一九二〇年であり、『あしながおじさん』が発表された一九一〇年代は女性参政権運動や、フェミニズム運動が盛んになっていた時代でした。

がんばって成績をあげたジュディはスミス氏の出資を断り、奨学金で大学に進学することにし、夏休みの過ごし方をめぐっても、おじさまの言うなりではなく、自分の友人ネットワークを使って出かけたりするようになります。

クライマックスの一つはジュディが自分と向きあって書いてきた小説が認められ、出版されることです。これは彼女に自己肯定感だけでなく、社会的な評価と経済力を与えました。そのことにより、あしながおじさんの被保護者から一人の自立した女性へと羽ばたいていきます。さて、ジャーヴィスとの関係やいかに？

そうした展開のうちに、ジュディの一方通行の〝文通〟はドラマティックな結末を迎えることになります。ちなみに、最後の手紙もジュディらしい「追伸」で締めくくられていますよ！

『若草物語』ルイーザ・メイ・オルコット

Little Women *Louisa May Alcott*

女性が生き抜くための〝志〟

ルイーザ・メイ・オルコット（一八三二―一八八八）
米国フィラデルフィア生まれの小説家。本作は、大ベストセラーとなり第四部まで書かれ、五十か国語以上の言語に翻訳されている。家計を助けるため若いうちから執筆活動を始め、生涯にわたり家庭小説ほか多彩な作品を残した。

オルコットの半自伝的小説『若草物語』（一八六八）は百五十年前から若い読者を虜にしてきた名作中の名作です。原題はシンプルに、Little Women。これが大事な言葉になることはあとで触れたいと思います。

時代は南北戦争（一八六一～一八六五）中、舞台はアメリカ北部のマサチューセッツ州にあるコンコードという町と思われます。父が従軍牧師として戦地に赴任しているマーチ家では、母と四姉妹と家政婦が女性だけで暮らしています。しっかり者でやさしく女優の才能を見せる長女のメグ。男まさりで行動的で小説家になりたい次女のジョー（作者自身がモデル）。本名はジョゼフィーンですが、お父さんが留守の間はわたしが一家の男役と言い、男性っぽい通称を好みます。引っ込み思案で他人につくすピアノの得意な三女のベス。主張が強く快活で絵画の才に秀でた末っ子のエイミー。

温かな家庭小説でもありますが、四姉妹はみんな芸術家の卵なのです。本作は、性格も資質も異なる四人の女性がそれぞれ自分の人生と向きあい、真の自分を探す物語でもあります。自立の意味を問う面もあり、フェミニズム文学の先駆けともいえるでしょう。かのボーヴォワールも、『若草物語』のなかに「自分の姿と運命とを認めたように思った」と言っているほどです。男性支配の強い十九世紀、四姉妹は女性の表現者として過酷な時代を生きたのでした。

マーチ家の生活は貧しいものです。長女のメグがまだ幼い頃、父が知り合いを助けようとして財産を失ってしまったからなのですが、娘たちは小さな愚痴を言いつつも、愛する家族がいることをなによりの幸せと健気にふるまいます。そのクリスマスの朝も、母親が寝こんで子どもたちがひもじい思いをしているフンメル家に、なけなしの朝食を届けにいきました。そのことを隣家のお金持ちローレンスさんが知り、贅沢（ぜいたく）な食事を贈られます。

その後、メグとジョーはダンスパーティでローレンス家の孫ローリー少年と出会い、ベスもピアノを通してローレンスさんとの親交を育みます。ちょっとお調子者のエイミーは学校におやつの「塩漬けライム」を持参してひどい体罰を受け、結局退学。塩漬けライムは『あしながおじさん』の節でも説明しましたね。昔の日本でいえばかわいいシールのようなもので、友人間でやりとりする一種の〝社交通貨〟です。

『風と共に去りぬ』との共通点

南北戦争といえば、思いだす名作がありませんか？　そう、マーガレット・ミッチェルの『風と共に去りぬ』（第五章で紹介）です。この大河小説はちょうど戦争の始まる一八六一年からの十年間ほどを描いていますので、『若草物語』『続若草物語』と時期的にぴったり重なります。『若草』と『風』はずいぶん印象が違いますが、意外にも同時代文学なのですね。北部の四姉妹と、南部の三姉妹の物語です。

この二作には、考えが似ているところもあります。たとえば、その当時の北部と南部で、称賛される女性とは？　どちらの作品でも「女性はレディたれ」と言われます。『若草物語』の第一章から引きましょう。「よしてよ、ジョー。まるで男の子みたい！」「だからやってるの」「わたし、がさつでレディらしくない女の子っていや！」「わたしはぶりっこのおすましチビすけがいやだね！」

unladylike（レディらしくない）なのは良くないと、ジョーは末娘のエイミーに怒られています。エイミーはというと、always carrying herself like a young lady mindful of her manners（若いなりにいつでも作法を心得た淑女のようにふるまっていた）と書かれ、けんかばかりしている二人の対比がここによく出ています。

『風と共に去りぬ』で、やはり男まさりのスカーレットが unladylike と言われるのは、たとえば、パーティでがつがつ食べないよう女中のマミーが事前に軽食をとらせようとするのに反抗する場面です。most of her natural impulses were unladylike（お嬢さんにとっては自然な欲求でも、たいていは淑女の規範に反する）とマミーは嘆きます。南部では、気品だけでなく、弱い人たちを助ける慈愛や、南部を支える自己犠牲の精神を備えた完璧な淑女は、lady のなかでも great lady と称されます。スカーレットの母はそう呼ばれる数少ない一人ですが、スカーレットは母のようになれないという葛藤を抱えています。

教養と道徳を重んじたマーチ家

さて、マーチ家がいちばん大切にしていたこととはなんでしょう？　一つは教養です。この小説には、文学作品がたくさん出てきますね。姉妹がお芝居にして演じる一家の愛読書『天路歴程』（キリスト者が悪徳との闘いを経て理想の境地に至る物語）から、ジョーが伯母さんに隠れてむさぼり読む『ウェイクフィールドの牧師』、姉妹が秘密結社の名前をもらうディケンズの『ピクウィック・ペーパーズ』や、ストウ夫人の『アンクル・トムの小屋』、シェイクスピアの『ハムレット』……。文学で自在に遊んでいる感じがします。母は言います。「わたしはね、わたしの娘たちが美しくて、教養があって、心やさしい人であって欲しいの*」と。「教養があって」はaccomplishedです。豊かな教養やたしなみを身につけることが、偏りのないやさしい心を育てるということですね。

もう一つは、ボーヴォワールも挙げていた「道徳」です。序盤で、戦地の父からの手紙にはこう書かれています。「各自の義務を忠実に果たし、心の奥底にひそむ敵と勇敢に闘い、自分との闘いにみごとに打ち勝ってもらいたいということです。そうすれば、家に戻ったとき、わたしはわたしのリトル・ウィメンを、今までにも増していとおしく、誇らしく思うでしょう*」。題名のLittle Womenはここから取られているのですね。

このlittleという語には、まだ子どもであり、かわいらしいという意味もあります。しかし訳者の一人である麻生九美さんによれば、男性が支配的な十九世紀の米国社会で理想の女性像とは、敬虔、純真、従順、家庭的という美徳を備えた大人のことで、「トゥルー・ウーマン」と言われたと。このtrueに対してlittleは未熟で一人前でないという意味合いですね。シンプルな題名に、当時の考え方や女性のあり方が繊細に映しだされているのがわかります。

北部の清貧の四姉妹が日々文学と芸術に触れ教養と道徳を培っているのに、南部の大農園のスカーレットは「女子中等学校を出て以来、進んで書物をひもといたことはない」とのことで、愛しいアシュリがいくら音楽や詩の美しさを語っても居眠りしそうなありさま。そして彼女が農園主の父に叩きこまれるのは、「この世で価値をもつのは土地だけだ」という唯物主義です。父ジェラルドは未開の原林を切り拓き、いまも手を抜くとすぐ野生に帰ろうとする赤土の畑を必死で守っているのです。

『若草物語』と『風と共に去りぬ』の両家の教育は同時代にあってなぜこんなに違うのでしょうか？　両家のあり方を比較してみましょう。

芸術の道を志す女性たち

『若草物語』ではとくに中盤からは大きなできごとが立てつづけに起きます。一つは、長女のメグが裕福な家のパーティに参加するエピソードです。いつになく露出の大胆なドレスで着飾ったメグですが、脇はきつくて痛いし、長い裾を踏みそうになるし、じゃらじゃらしたイヤリングが気になって仕方ありません。そのうえ、隣家の少年ローリーには冷めた目で見られてしまう。メグは飾り立てた自分を恥ずかしく思い、心を改めることになります。

この第九章はMeg Goes to Vanity Fair（メグ、虚栄の市へ行く）と題されています。vanity fairとはなんでしょう？　イギリスの作家サッカレーが十九世紀半ばに発表した小説の題名からとっています。vanityとは「中身のない飾り立て」「おろかなプライド」などを表す語です。ここでは浮ついたしゃれっ気とか、見栄を張ることを意味しています。自撮りの画像を「盛る」ことなども一種のvanityと言えるでしょうか。マーチ家の方針とは食い違うものですね。

その後、四姉妹は「ピクウィック・クラブ」という文学サロン的な秘密結社をつくり、そこに隣家の少年ローリーも加わったりします。本当にマーチ家の娘たちは文学や読み書きが好きなのです。

それから、三女のベスが猩紅熱(しょうこうねつ)にかかって生死の境をさまよったり、末っ子のエイミーがマーチ伯母の家に預けられて、わがままを悔い改めたりします。

なかでも大きな展開は、次女のジョーが自作の原稿を新聞社にもちこみ、それが掲載されることでしょう。作家への第一歩を踏みだすのです。

『若草物語』の四姉妹はみんなアーティストの卵でしたね。女優の素質をもつメグ、作家志望のジョー、すぐれたピアニストのベス、絵画の才能に抜きんでたエイミー。『若草物語』につづいて書かれた『続若草物語』は、成長した姉妹の結婚なども交えた青春編と言えますが、さて、この四人のなかで実際に芸術の道に進んだ人はいるでしょうか?

ここで『若草物語』と『続若草物語』を原作とした映画『ストーリー・オブ・マイライフ　わたしの若草物語』に触れておきましょう。この映画は、ジョー役が全体の主役となって構成され、人一倍自立心の強い彼女をシアーシャ・ローナンが好演していました。ちなみに、シアーシャ（Saoirse）というのは、アイルランドのゲール語で「自由」を意味するそうです。名前からしてぴったりの配役でした。

この映画のなかで、女性が芸術家になることについて、ローリーとエイミーが話しあう場面があります。「これまで女性の天才芸術家なんていた？」「ブロンテ姉妹」「それだけ？」「たぶんね」「天才として認定しているのは誰なんだろう？」「さあ。男たち？」「不公平な競争だね」と。

十九世紀初めに牧師の父のもとに生まれたブロンテ家のシャーロット、エミリー、アンは三人姉妹でしたが、三人ともが作家として後世に名を残しました。これは歴史上まれに見る奇跡のような事例なのです。

〝敗戦国〟南部の視点

さて、『若草物語』と時を同じくして南北戦争時代の南部で展開するマーガレット・ミッチェルの『風と共に去りぬ』では、オハラ家の三姉妹はどんな生き方をしていたでしょう？　長女スカーレットは高尚な芸術にはまるで興味がありません。大好きなのは、パーティ、ダンス、きれいなドレス、いい男たちにもてること。次女のスエレンもお金持ちの男性と結婚するのが人生のゴールであり、末娘のキャリーンは片思いの相手が戦死しますが、彼を思いつづけることになります。

しかし物語が進むにつれ、マーチ家の四姉妹にも増して独立独歩の人生を歩みだすのが、スカーレットです。三度結婚し三人の子どもを産むかたわら、ベンチャービジネスの実業家として大成していく。彼女もかなわぬ片思いをしていますが、ぽわんと目がハート形になっているときも、「土地」と「お金」の話になると、一気に夢から覚める現金な性格です。道徳と教養と清貧を重んじるマーチ家の面々と、だいぶ違いますね。

この二作で、女性の描かれ方がこんなに違うのは、南北戦争の勝敗も影響しているでしょう。『風と共に去りぬ』はアメリカ南部という〝敗戦国〟の視点から振り返って書かれています。「あのやり方ではだめだった。理想だけでは生き残っていけない」という強烈な南部批判と反省がこめられています。スカーレットは戦後の混乱期を「嵐の海」にたとえ、船が沈まないよう、誠実さや美徳や優しさといった「よけいな積み荷」(鴻巣訳)はどんどん海に放りだしたのだと言います。しかし彼女の言う「よけいな積み荷」はまさにマーチ家のみんなが大切にしているものです。

『若草物語』にも「重荷(burden)を背負う」という表現が何度も出てきます。イギリスからアメリカに渡ったピューリタンが規範としたジョン・バニヤンの『天路歴程』から、マーチ夫人はこんなふうに引用します。「わたしたちは重荷を背負って、目の前の道を歩んでいるんだもの。善良さと幸福を求める心が、たくさんの困難や過ちを切り抜けて、平穏に導いてくれる道案内なの」*。この重荷は決して投げだしてはいけないものなのです。

女性の自立と自律

『風と共に去りぬ』が〝敗戦国〟の物語であるのに対して、アメリカ北部を舞台とする『若草物語』は現在のアメリカの基盤となる民主主義や平等を敷く〝戦勝国〟の立場から書かれています。「わたしたちは正しかった」という誇りも自負もあるかと思います。もう一つ、宗教観の違いもあるでしょう。『風』の作者はカトリック教徒の家系の人であるのに対し、『若草』の作者はプロテスタントで理想主義の父をもつ人です（一般にプロテスタントのほうが規律的にきびしい）。作者のオルコット一家は南部の奴隷廃止運動にも関わったと言います。

それでも両作に共通するのが、女性の自立と自律ということです。ミッチェルの母は婦人参政権運動に関わり、これからの時代、女性が生き抜いていくには、勉強と「世才」が必要だと娘に強く説きました。手に職をつけて生き残りなさい、と。オルコットの母も婦人権拡大の運動家であり、自活の大切さを娘たちに説きました。ちなみに、オルコットは作中に父親を描かないことで、家父長制の物語に仕立てることを避けたと言います。その母親の描き方には、聖母を崇拝するカトリック的なところもあるかもしれません。
ちょうど同じ時代を描きながら、大きく異なった世界観をもつ二作。とはいえ、新しい時代にむけた女性の志には相通じるところがあるのではないでしょうか。

*印のある訳文は『若草物語』(麻生九美訳、光文社古典新訳文庫)より引用。

『若い藝術家の肖像』ジェイムズ・ジョイス
A Portrait of the Artist as a Young Man　*James Joyce*

モダニズム文学の文体七変化

ジェイムズ・ジョイス（一八八二―一九四一）
アイルランド・ダブリン生まれ。一九〇二年にユニヴァーシティ・コレッジ・ダブリンを卒業後、翌々年に故国を離れ、以後大陸に住みつづける。『ユリシーズ』『フィネガンズウェイク』など言語の極北を追究する実験作を持つ、二十世紀の巨匠。

アイルランド出身の文豪、ジェイムズ・ジョイスは、二十世紀の初めに欧米で展開したモダニズム文学を代表する作家であり、世界文学史のなかでも最も重要な小説家・詩人といえるでしょう。とくに英米文学の翻訳家を志すかたは読んでおいてほしい作家です。
ジョイスの代表作というと、一つに『ユリシーズ』が挙げられると思います。これは、トロイア戦争に出征していたオデュッセウスの故郷への帰途を語る古代ギリシアの詩人ホメーロスの壮大な叙事詩『オデュッセイア』から骨格を借りて書かれた十八章から成る小説です。

とはいえ、この大長編を紹介するとなると、かなりの紙幅が必要であり、なかなか難解な面もありますので、本書ではそれより以前に書かれ、『ユリシーズ』の序章ともなった自伝小説『若い藝術家の肖像』（一九一六）を読みたいと思います。

「意識の流れ」という手法

作品の解説に入る前に、ジョイスが用いた手法について少し説明します。彼は「意識の流れ」と呼ばれる画期的な手法をとりいれました。これは、ジョイス以前にヘンリー・ジェイムズという作家も使っていますし、ジョイスと同時代のヴァージニア・ウルフも用いており、モダニズム文学の大きな特徴といえます。

では、「意識の流れ」のどんなところが画期的なのでしょうか？　人物の心理を追うだけなら、十九世紀の作家チャールズ・ディケンズの小説などにもありますよね。

たとえば、『ユリシーズ』の第十三章「ナウシカア」を見てみましょう。こんな文章があります。

「そしておれはリップ・ヴァン・ウィンクルの帰還を演じた。（…）バッ。何が飛びまわってるんだろう？　燕？　蝙蝠だろう。（…）どこに棲んでるんだろう。あの向うの鐘楼。（…）ミサは終ったらしい。（…）繰り返すほど効果がある。広告もだよ。当店でお求めを。

（…）トム印刷所に勤めてたころ評価額の間違いがあったっけ。（…）バッ。まただ*」

話し口調で書かれていますね？　「意識の流れ」の特徴の一つは、このようなモノローグ文体を用いることです（「内的独白」といいます）。地の文にこういう話し口調が直に混じってくるのは、この頃にはまだ前衛的な技法だったのです。

昔ながらの心理描写はどうかというと、語り手が人物の心の中を覗いて、「彼はこのとき、このように思った。それで、とても落ち込んだのだ」という風に「説明」をしました。しかし「意識の流れ」では、人物が思うこと、感じることをそのまま「提示」します。だから、「彼は……と思った」という間接話法ではなく、「燕？　蝙蝠だろう」という直接話法になるんですね。

「意識の流れ」二つめの特徴

「意識の流れ」の特徴の二つめは、かんたんに言うと、話があちこち飛ぶことです。上記の例でも、一つの理路を追うのではなく、見えたもの聞こえたものがばらばらに飛び込んできますね。これも当時は実験的な手法でした。

もともと小説というのは「中略のアート」なのです。どういうことかというと、スカーレット・オハラが獄中のレット・バトラーに会いに行く前に、トイレに寄ったとしても、たいていその部分はあえて省略して書かれます。あるいは、赤毛のアンがある先生の嫌いな点をあげつらう場面なら、そのトピックに集中します。「あの先生は話し方がこわいから、授業に出たくないのよ」という風に。

けれど、現実には人間の意識というのは、もっと雑多なものをとり込んでいるはずです。アンを意識の流れ風にしゃべらせるとすれば、こんな感じになるでしょう。「あの先生は話し方がこわいのよ、あっ、蝙蝠が飛んでる、だから授業に出たくないんだけど、あら、教会の鐘が鳴りだしたから、ミサが終わったのね」

意識というのはこうしてそぞろ歩くものなのです。「意識の流れ」の手法では、ひとの想念をぜんぶ等価のものとして書いていくことがあります。その場合、先生と蝙蝠のどちらかがより重要ということはないのです。

現代小説の元祖

たいへんおおざっぱな解説ですが、ジョイス文学の革新性が少し伝わったでしょうか。では、『若い藝術家の肖像』の紹介に入ります。

この小説は作家を志していた若い頃のジョイスを主人公にした自伝小説です。「むかし　むかし、そのむかし、とても　たのしい　ころのこと、いっぴきの　うしもうもうが……」と、幼児語のお話に始まり、「古代の父よ、古代の藝術家よ、永遠に力を与えたまえ」と、作家を目指す神学生の日記で終わります。一人の若者の半生をまるごと、言葉と文体の変化をもって表現しているのです。SFの名作ダニエル・キイスの『アルジャーノンに花束を』を読んだことがあるかたなら、ぴんとくるでしょう。主人公の内面変化を言葉と文体そのもので表す現代小説の先駆的存在が、『若い藝術家の肖像』だと言えます。

ストーリーを把握していると読みやすくなりますので、書いておきましょう。主人公はアイルランド、ダブリンのカトリックの家庭に生まれたスティーヴン・ディーダラスです。十人きょうだいの長男。まずは、その幼い日々の体験が彼の体感をとおして描かれていきます。この知覚を用いた世の中の捉え方も本作の特徴です。

スティーヴンは長じて寄宿学校に入りますが、内気で運動が苦手な彼は、いじめの標的にされてしまいます。しかし生徒監の司祭に不当な殴打を受けて校長に苦情を入れ、そのことで他の生徒たちの称賛を得ました。

束縛からの脱出

ところが、彼は家の経済状況から退学することになり、一家はやがてダブリンへ。スティーヴンはここでエマ・クラーリーという少女と出会い、思慕を深めます。その後、イエズス会経営のベルヴェディア・コレッジ（大学ではなく中高課程）に入学した彼は、作文と演劇でようやく力を発揮し、リーダー的な存在になりますが、つねに孤独でした。

　思春期になれば性的な興味も高まり、娼婦を買うことが習慣になってしまい、罪深さを覚えつつやめられません。あるとき地獄の責め苦の説教を聞き、悔い改めますが、そのうちカトリックの教義に苛立ちを覚えるようになります。校長に神学の道を薦められ（これは非常に名誉なことです）ても、断りました。そんな彼はある日、浜辺で見た少女の美しさに打たれ、肉体を賛美することを恥と思わなくなります。

　次の章でスティーヴンは大学生になっています。彼の関心は美学と芸術に向かっていきます。友には事欠かないのに、やっぱり孤独です。罠に閉じこめられたように感じ、アイルランドという国や家族や宗教の束縛から逃げださなくてはと考えます。いつしか彼は自分をギリシア神話のダイダロスに重ねていました。ダイダロスはすぐれた翼を造って天翔た名匠で、この父の忠告を聞かずに高く飛びすぎ、太陽熱で翼の蠟が溶けて海に墜落死した息子があのイカロスです。本作は、スティーヴンが芸術家として生きるために国を出ていこうとするところで終わります。

youngの一語に込められた意味

私が『若い藝術家の肖像』（A Portrait of the Artist as a Young Man）を初めて読んだのは、二十歳、つまり本作主人公のスティーヴンが祖国を旅立とうとする年頃でした。無謀なことに原書で読んだのです。既訳を聖典のように傍らに置き、必死で辞書を引きながら原書のページを繰った私は、まさに若く、未熟な読者でした。

そういう私がまず気になったのは、邦題です。原題を忠実に訳したように見えますが、「若い」という語が気になりました。若い私には、「若い芸術家」よりも「若き芸術家」というタイトルの方が文学的でかっこよく思えたからです。言葉にハレとケがあるとすれば、文語体の「若き」はハレ、口語体の「若い」はケ、「若き」は詩的、「若い」は世俗的という感覚だったのでしょう。『若きウェルテルの悩み』のような悲壮さを期待していたのかもしれません。

「い」か「き」か？　些細な問題に見えるでしょうが、そこに本作の読解への大きなカギがあります。文語の「き」を使うと、敬いや称賛のニュアンスが出ますね。つまり、この主人公スティーヴンをどうとらえているかが、邦題にも表れると思うのです。

彼は神への務めを怠ったり、性欲をもてあましたり、娼婦を買うようになったり、学監に議論をふっかけてからかったり、素朴な女性の美しさに打たれたりします。つまり、青春の試行錯誤をいろいろと経験するのが、この小説ですね。青い若者の話でもあります。
原題のa Young Manのyoungには、若さを称揚する晴れがましさよりも、どちらかというと「尻の青いやつ」というある種の揶揄(やゆ)が含まれているのではないでしょうか。

youngの訳し方

youngという単語が出てくると機械的に「若い」と訳す人がとても多いのです。しかし英語のyoung＝「若い」とは限りません。『風と共に去りぬ』の序盤には、主人公のスカーレットがパーティドレス選びに必死になる場面がありますが、その際、年下なのに落ち着きのある恋敵メラニーの前でyoungに見えないよう入念に配慮します。スカーレットは十六歳。若々しく見えるのは良いことなのでは？と思うかもしれませんが、このyoungは「子どもっぽい」「幼稚」というニュアンスです。youngは「幼い」「未熟」と訳すべきことが間々あります。

丸谷才一訳の『若い藝術家の肖像』の訳者あとがき（丸谷才一訳、集英社文庫ヘリテージシリーズ「解説」）を読むと、「わたしは若年のころ、この長篇小説の、ロマンチックな天才を謳歌する局面しか読み取ることができず、やや長じて後は贋の天才に対するアイロニカルな視線にしか関心がなかつたのだが、いづれも誤りだつた」と書かれています。かの大翻訳家も「い」と「き」の間で揺れていたのではないか。私はそう思って勝手に共感を抱いたのでした。

実のところ、スティーヴン・ディーダラスは、果敢な挑戦をする、才能ある人間として称えられているのか？　無茶な挑戦をする、天才もどきとして皮肉に描かれているのか？

ここで、思いだしてください。スティーヴンは、ギリシア神話の工匠ダイダロスと息子イカロスの関係に自分の立場をなぞらえていましたね。ダイダロスは抜きんでた技術をもつ名匠であり、イカロスは父のようになりたい、超えていきたいと願う若者です。

ダイダロスとイカロスの関係を、丸谷氏は鳥のイメージに注目して読み解いています。名工匠であり天翔るダイダロスは「有能な成功者」。太陽に近づきすぎて翼を焼かれ地へ墜落する息子イカロスは「未熟な挫折者」です。スティーヴンはこのどちらでもあるとほのめかされているのではないでしょうか。

翔(と)ぶか、墜(お)ちるか？　その危ういバランスの中空に、『若い藝術家の肖像』は緊張をはらんで展開します。作家の勝利と敗北、若さの希望と寄る辺なさ、解放と閉塞をあわせ描くことで、この小説は真に血肉をそなえた不朽の青春小説となり得たのだと私は思います。結論からいうと、「い」でも「き」でもあったわけです。

巨匠の黒歴史？

このyoungの意味がよくわかるくだりがあります。第五章に若い（青い）スティーヴンの綴る詩が出てくるのですが、これがけっこう中二病的な内容です。彼は一時、娼婦を買って性欲を満たすことを繰り返していましたが、その燃えあがる情熱について書いているのです。本作はジョイスの個人史に基づいていますので、なかなか気恥ずかしい青春のポエムともいえるでしょう。引用します。

倦み果ててはいないのか？　情熱のそぶりに。
熾天使を堕落させた美しいひとよ、
もう語ってくれるな、魅惑の日々のこと。
あなたの眼は燃えたたせた、男の胸を。
彼はあやつられた、思いのまま。
倦み果ててはいないのか？　情熱のそぶりに。

かつての男性がもっていた女性観がよく表れています。男が身を持ち崩したり、女性を襲ったりしたのは、「美しい魔性の女」に操られたからであり、自分はその抗えない魅力の犠牲となった「堕天使」であるという考え方です。こういう考えはシェイクスピアにもありますし、ローティーンの少女に中年男性が入れあげるナボコフの『ロリータ』なども典型例でしょう。ファム・ファタール（宿命の女）などという言葉にもうかがえます。

しかし興味深いのは、この詩は実際に十代のジョイスが書いたものだということです。芸術家気取りでも手技が追いつかないという青い季節をさりげなく示すために、あえて若書きの詩を使ったそうです。小説の中に作者の実人生が入りこんでいるのですね。

日常にひそむひらめきの瞬間（エピファニー）

最後にジョイスを読む際に大切な「エピファニー」についてお話しします。

もともとはキリストの「顕現」（現れること）を意味しましたが、ここでいうエピファニーは「日常のありふれた生活や光景のなかに突然事物の本質を見いだしたり、ひらめきを得たりした瞬間を象徴的に描写すること」です。ジョイスが提唱したとされる手法ですが、同時代のヴァージニア・ウルフなども用いています。

たとえば、十六歳のスティーヴンは娼婦との淫行の罪を神父に告解して、魂を浄（きよ）めますね。すると「恩寵のなかにあって、人びとと共に平和と美徳と自制の生活を生きることは美しい」という心持ちになり、その後台所でなんということのない光景を目にして、天啓のようなものに打たれます。前後を引用しましょう。

この瞬間まで、美しくて平和な生活がどんなものであり得るのか、知らなかったのだ。ランプのまわりに留めてある四角い緑の紙が、優しい影を投げている。食器戸棚にはソーセージと白いプディングをのせた皿が一つ、棚には卵がある。(…)白いプディングと卵とソーセージと紅茶。結局、人生とは、なんと簡素で美しいものだろう！　その人生がこれからはじまるのだ。

こうした清らかな昂揚（こうよう）や眩い未来図も、そう長続きしないのが青春の残酷さでもあります。とはいえ、その一瞬をジョイスは言葉に結晶させた。文学史に残る名シーンといえるでしょう。

＊印のある訳文は『ユリシーズ』（丸谷才一・永川玲二・高松雄一訳、集英社文庫ヘリテージシリーズ）より引用。『ユリシーズ』は柳瀬尚紀訳（河出書房新社　未完）もある。
この節のそのほかの訳文はすべて『若い藝術家の肖像』（丸谷才一訳、集英社文庫ヘリテージシリーズ）より引用。

『ライ麦畑でつかまえて』J・D・サリンジャー

The Catcher in the Rye　*J.D.Salinger*

多感な少年のモノローグ

J・D・サリンジャー（一九一九－二〇一〇）
米国ニューヨーク市生まれ。一九四〇年に短編「若者たち」でデビュー。一九四二年に陸軍に入隊し、ノルマンディー上陸作戦に参加。『ナイン・ストーリーズ』『フラニーとズーイ』など。

この節では、青春小説の不朽の名作J・D・サリンジャー『ライ麦畑でつかまえて』（一九五一）を読んでいきましょう。村上春樹の新訳（二〇〇三）には『キャッチャー・イン・ザ・ライ』とカタカナ読みの邦題がついており、こちらのほうがなじみのある人もいるかもしれませんね。

世の中がphony（インチキ）なモノとコトとヒトにあふれたクソッたれな場所に思えて、ユーウツになっている高校生ホールデン・コールフィールドを語り手とした小説です。ちなみに、damn（クソッたれ）という語は作中に百二十五回は出てくるようです。彼の口癖の一つですね。

ホールデンからしたら、父と母は偽善者、先生たちは何もわかっていない。彼より「五十倍」ぐらい聡明だったという弟のアリーは白血病で亡くなりました。この死がホールデンの心に大きな影を落としています。

物語としては、クリスマス休暇に近い土曜日から月曜日までの三日間の話です。成績不良でペンシルベニア州の全寮制エリート進学校ペンシー校からの退学処分が決まったホールデンが、ニューヨーク市の実家に帰って、また出ていこうとするまでの道中を、モノローグの形で綴ったものです。

ホールデンの憂鬱なモノローグ

ホールデンはルームメイトに宿題の作文を代筆しろと言われ、アリーの野球ミットについて書くとぶん殴られ、ニューヨークの街では、ジャズクラブに行って女の子たちと過ごすもむなしくなり、ホテルではコールガールを買ってお金をふんだくられ、翌日は女友だちのサリーを呼びだしてブロードウェイ観劇をしますが、欺瞞(ぎまん)だらけでいやになり、サリーをスケートリンクに誘って、なぜか田舎に行って結婚しようなどと口走ってしまう(そしてフラれる)。

家に帰って妹のフィービーに愚痴を言っていると、「きみは世の中で起きていることはなんだって気に入らないんでしょ」と指摘されてしまう。彼は将来なりたいものが一つだけあると言い、それがタイトルの the catcher in the rye（ライ麦畑の捕まえ係）だというのです。その後、ホールデンはかつての恩師アントリーニ先生の家に行き、助言をもらうのですが、うっかり寝入ってしまい、気がつくと、暗闇でソファの隣に先生が座ってホールデンの髪を撫でているというクソッたれな事態になっているのでした。

先生の家もそそくさと飛びだし、もう自分は森のはずれに小屋を建て、ろうあ者のふりをして隠遁（とん）しようと思う。別れを告げに妹に会いにいき、動物園に行くことになります。雨のなか、青いコートを着た愛らしいフィービーが回転木馬でくるくる回っているのを見ると、彼はなぜかとてつもなく幸せな気分になるのでした。

ここで彼の回想は終わり。彼はペンシー退学後、精神科病棟に入れられており、秋の新年度からはまた別な進学校に入ることがわかります。やれやれ、ですね。

「ライ麦畑の捕まえ係」とは何か?

本作はうんざりするばかりのネガティヴ一辺倒の小説でしょうか?　その合間にまれに見られる、雲間から陽が射しこむようなひらめきの瞬間、「エピファニー」が、本作に尊い光を与えているのだと思います。ジョイスの節でも説明しましたが、俗世のありふれた物や出来事に感じる神々しいばかりのひらめきを「エピファニー」と言いますね。『ライ麦畑』にもそういう瞬間があるのです。

一つは、このタイトルの由来にもなっているくだり。ホールデンによると、the catcher in the ryeとはこんな仕事です。切り立った崖っぷちにあるライ麦畑で子どもたちが走りまわっていて、「僕の仕事は崖から飛びだしそうになった子を片端から捕まえてやることなんだ」と。「将来やりたいことってそれぐらいだな。うん、ライ麦畑の捕まえ係とかそんなやつ。それを一日中やるわけ。自分でもいかれてると思うけど、将来マジでなりたいものってそれしかないんだ。いかれてるだろ」

このひらめきの出どころはと言うと、街角で耳にした坊やの歌なんです。"If a body catch a body coming through the rye,"(「ライ麦畑を抜けてくる誰かさんを誰かさんが捕まえたら」)という歌詞に聞こえました。聞いたとたん、ふっと気が晴れ、鬱気が抜けていくようでした。この歌詞はスコットランド詩人ロバート・バーンズの詩からとったもので、本当は"If a body meet a body coming through the rye,"というのです。ライ麦畑で密かに落ちあっていちゃつくふたり——実はこれはちょっとエッチな内容の歌なんです。むかしザ・ドリフターズというお笑いグループが「誰かさんと　誰かさんが　麦畑　チュッチュッチュッチュッチュッしている　いいじゃないか」という替え歌にしたことがあるので、ご存じの方々もいるでしょう。あいびきの歌です。
この名作のタイトルは「空耳」から生まれたとも言えますね。

wishに表れるホールデンの屈折

もう一つの印象的なエピファニーの瞬間は、ラストシーンでしょう。ニューヨークの動物園内の遊園地。午後の通り雨でしょうか。青いコート姿のフィービーが回転木馬から手を振ってくると、ホールデンは手を振り返す。そこへ雨がどっと降ってきて、土砂降りの雨のむこうでフィービーが回転木馬でくるくる回っている。ホールデンはやたらと幸せな気持ちになり、泣きだしそうになる。

ここにもはかない美があります。長くは留めておけない幸福の結晶。その後に、God, I wish you could've (could have の略) been there. とあってこの章は締められます。これは仮定法過去完了で、現実にはなかったことを表現するときに使いますね。「あなたもその場にいたらよかったけど、実際にはいなかった」ということです。

ここで、wish と hope の違いをおさらいしておきましょう。辞書にはどちらも「望む」とか「願う」という語義が載っています。でも、この場面では、I hope you could have been there. とは言えないのですね。結果が出ていないもの、これから実現の可能性があるものはhope、すでに結果が出ていて覆せないもの（または季節の挨拶や祈願文など）にはwishを使います。

本作でホールデンがI wishを使うことは多々ありますが、I hopeを使うのは三回ほどしかありません。この小説の気分を象徴しているでしょう。しかもhopeの例の一つは、I hope to hell when I do die somebody has sense enough to just dump me in the river or something.（マジで頼むわ、俺が死んだら、誰か気をきかせて、そのへんの川かなんかに放りこんでくれよ）という一文。こうした憎まれ口にも心の屈折が表れています。

ライ麦畑の捕まえ係

ホールデンはロバート・バーンズの詩句の聞き違いの中から、この世のどこにも存在しえない崖上の「ライ麦畑の捕まえ係」を生みだしました。みなさんの頭の中にもその光景がふわっと浮かんで消えるのではないでしょうか？　これは、トルーマン・カポーティのBreakfast at Tiffany's（ティファニーで朝食を）にも通じるものがあるでしょう。イメージが一瞬、ゆらりと陽炎（かげろう）のように立ち昇ってふっと消える。ライ麦畑と捕まえ係、宝石店と朝食という組み合わせの意外さ、像を結びそうで結ばない幻影のあえかさが共通しています。

the catcher in the ryeとは、いつまでも続かないいつかのまの時間、つまり大人になる前の「モラトリアム」を象徴しているのかもしれません。モラトリアムとは、人が社会的責任を負うまでの猶予期間のことです。

ここからは、そういう危うい思春期にいるホールデン少年の気持ちがどんな風に文章に表れているか見ていきましょう。ちなみに、最も古い日本語訳は『危険な年齢』〔橋本福夫訳、一九五二年刊〕というタイトルでした。

はっきり言い切らないホールデン

ホールデンの口癖には、kind of や sort of というものがあります。不定冠詞の a をつけると、「一種の〜」という意味の見慣れたフレーズですね。kind of, sort of で「ある程度」とか「けっこう」といった副詞的な用法になります。ちなみに、sort of は本作の全編で百八十回ぐらい使われています。たとえば、こんな感じです。

"I didn't have too much difficulty at Elkton Hills," I told him. "I didn't exactly flunk out or anything. I just quit, sort of."〔「エルクトン・ヒルズ〔鴻巣注：彼が除籍になった学校の名〕で問題ばかり起こしていたわけじゃないんです」俺は先生に言った。「落第したとかそういうんじゃなくて。こっちからふつうにやめたって感じっすよ」〕

flunk out は「成績不良で放校になる」ことで、まさに彼はそのケースだったのですが、自分からquit（退学）したんだと言います。はっきり言いにくいことなので、or anything（なんやかや）や、sort of（って感じ）をつけてモゴモゴ話しています。

とはいえ、ホールデン少年はどんな話題でも言い切らないんです。こんな箇所もあります。Anyway, it was December and all, and it was cold as a witch's teat, especially on top of that stupid hill. I only had on my reversible and no gloves or anything.（とにかく十二月とかだったし、外は魔女の乳首ぐらい冷え込んでた。とくにあのアホみたいな丘の上ではね。俺は薄いリバーシブルコートを着ただけで、手袋だのなんだのしてなくてさ）

and all（とかなんとか、ていうか、みたいな）も三百何十回も使われている彼の口癖です。十二月の出来事だとはっきりしているのだから、and all は要らないはずなのにつける。ちなみに自分の兄のD. B. を紹介するときにも、he's my brother and all と言っています。「ま、これが俺の兄貴だったりするんだけどね」という感じでしょうか。

無理解を恐れる多感な少年

こうして言い切らずに但し書きをつけたりする挿入句が多いのは、なぜでしょう？ホールデンはいわゆる「不良少年」なわけですが、もともと感受性が強く、繊細な神経の持ち主です。自分のことなど人に理解されないという不安と怒りと孤独が、根底にあるのではないでしょうか。だから、理解されることを期待して裏切られるより、「まあ、わかんないと思うけどさ」と自分で心に予防線を張っているようにも思えます。

誰も自分を理解してくれないという失意や憂鬱は、多感な時期に多かれ少なかれ抱くものかもしれません。しかしそういう気づきはのちのち俯瞰(ふかん)的に物事を見られるようになって初めて得られることで、思春期真っ最中には、こんな思いを抱いているのは自分だけだと考えたりします。「分かち合えないはずのもの」を密かに主人公と自分だけが共有していると思わせてくれるタイプの小説。それが The Catcher in the Rye なのですね。太宰治の『人間失格』や、The Catcher～の訳者でもある村上春樹の小説にも、似たような魅力を感じます。

さて、この小説は全編が you に語りかける調子のモノローグで書かれています。ひんぱんに出てくる you とは誰のことでしょうか？　英語の小説には地の文にときどき you が出てきますよね。これは、書簡体小説など特定の誰かに宛てた文章でないかぎり、漠然とした聞き手や読者を指し、general you（総称的なユー）などと呼ばれます。この場合、「あなた」などとくに訳出しないことも多いでしょう。

しかし村上春樹は本作を新訳する際、この you を「君」とはっきり訳出し、話題になりました。本作を「反抗する少年の物語」というより、少年のアイデンティティ探しのようにとらえ、この you は「オルターエゴ」（もう一人の自分）のような面もあるかもしれないと言っています。分裂した自我が自問自答しているような感じですね。

この訳し方には英語圏でも賛否があったようですが、競争社会で心を病んでしまう現代的な少年像が浮き彫りになったと言えるでしょう。

弟への思い

最後に私の解釈も挙げておきます。本作に出てくるyouの大半は仮想の聞き手・読み手と考えていいのではと思います。ただ、general youの〝ふり〟をしてときどき特定の相手に話しかけているような気もするのです。第十四章にホールデンがこう言うくだりがあります。「俺、すんごいみじめな気持ちになると、声出してアリーに話しかけちゃうんだよな。めちゃくちゃ落ち込んだときなんか、けっこうやるよ」

三年前に白血病で亡くした最愛の弟アリーは、ホールデンの唯一無二に近い〝理解者〟でもあるようです。自分の五十倍は聡明だとリスペクトしていたアリーに、「おまえならわかってくれるだろ」と話しかけることで、クソッたれな毎日をなんとか生きているのではないでしょうか。

前段で、ラスト近くにある動物園の回転木馬のシーンを引き、I wish you could've been there. という文について触れました。少なくともここのyouはさり気なく弟のアリーに向けているのではないかと思うのです。だとすれば、こんな意味になるでしょう。「(回転木馬に乗った)フィービーのやつ、ばっかみたいにきれいでさ、あの青いコートなんか着て、ぐるぐる、ぐるぐる回ってるんだぜ。ちぇっ、おまえもあの場にいてくれたらなあ」

そう考えると、過去の事実に反することを願うときに使うwish＋仮定法過去完了のもつ切ないニュアンスが、しみじみと効いてくるのではないでしょうか。

第二章
真実の愛

『ロミオとジュリエット』ウィリアム・シェイクスピア

Romeo and Juliet *William Shakespeare*

ふたりはなぜ死んだのか？

ウィリアム・シェイクスピア（一五六四－一六一六）
英国中部、ストラトフォード・アポン・エイヴォンで商人の父のもとに第三子として生まれ、一五九二年ごろからロンドン演劇界で劇作家として頭角を現す。代表作は『ハムレット』『マクベス』『オセロ』『リア王』『リチャード三世』など多数。

古典中の古典、シェイクスピアの戯曲『ロミオとジュリエット』（一五九五年前後）を読んでいきたいと思います。

本作を私はノベライズ（小説版として書きおろす）したことがありますが、その際に、自分が頭の中でつくっていた作品イメージがことごとく覆されていくので、驚いたものです。『ロミオとジュリエット』も、エミリー・ブロンテの『嵐が丘』と同じで、結ばれない恋人同士の悲劇の純愛物語としてよく知られていますが、誤解も多い古典だと言えるでしょう。

シェイクスピアは十六世紀中葉にイギリスのストラトフォード・アポン・エイヴォンに

生まれ、十七世紀初めに没しました。生前の彼は「戯曲家」ではなく、芝居の脚本を書く劇作家であり、個々の作品を、出版される「読み物」として書いていたわけではありません。

『ロミオとジュリエット』の書かれた時期を突き止めるのは難しいのですが、芝居の初演は一五九五年ごろとされています。しかし物語の舞台となるのは、十四世紀初頭の、こんにちでいうイタリア北部のヴェローナです。シェイクスピアはしばしば政治風刺や王室批判を劇中に盛り込みましたが、それがお上の目に留まるとたいへんなことになるため、あえて物語の年代をずらし、外国のお話として書いたと言われています。

戦争で死ぬのはいつも若者

さて、商いで栄えたヴェローナで、七月のある日曜日の朝に物語は始まります。主な登場人物は、モンタギュー家の息子ロミオ（十六歳）、キャピュレット家の娘ジュリエット（十三歳）、ふたりの父と母、ロミオの親友ベンヴォーリオとマキューシオ、ジュリエットの従兄ティボルト、ジュリエットへの求婚者パリス伯爵、乳母といったところです。

当時のヴェローナは「コムーネ」と呼ばれた自治都市で、大公が治めています。有力な貴族や大商人が群雄割拠し、〝ゲルフ〟（ローマ教皇派）と〝ギベリン〟（帝国皇帝派）が対立し、長く激しい争いが繰り広げられていました。

　モンタギュー家とキャピュレット家もその例にもれず、過去の遺恨から反目しあっていますが、その目的は形骸化し、なぜいがみあうのか判然としなくなっているのです。栄華を誇るヴェローナも、その領土を奪おうという他の都市や国が多くなっており、本当は内輪もめなどしている場合ではないというのに。

　本作は、対立する二家の娘と息子が恋に落ち、次々と諍いが起きるなか、こっそり結婚式を挙げ、連絡の行き違いからふたりが自らの命を絶ち、両家の当主たちが悔い改めて和解するまでを描いています。この間、たった五日。ただし正確に言うと、日曜日の朝に始まり、金曜日の朝に終わりを迎えます。

『ロミオとジュリエット』はどんなお話ですか？　と聞かれたら、私は純愛物語であると同時に、「大人が始めた戦争で死ななくていい若者が死んでしまう物語」だと答えるでしょう。戦争というのは、いつもそうですね。開戦を決めるのは、往々にして国や軍のトップにある年配者たちですが、実際、戦場に出ていって命を危険にさらすのは、壮年あるいは若年の人たちです。では、お話をくわしく見ていきましょう。

ほれっぽいロミオ

最初の五分の一あたりまでふたりは出会わず、恋は始まりません。それどころか、ロミオはほかの女性にうつつを抜かしていたんですよ！　ロザラインという非常に聡明な年上の女性で、ロミオのことは相手にしていない様子です。

ジュリエットはロミオの初恋の相手ではないんですね。彼はロザラインにすっかり入れあげて憔悴（しょうすい）し、早朝から森をうろついたりしています。ジュリエットと運命の出会いを果たす晩餐（ばんさん）会も、じつはロザラインが出席すると聞いたので、もぐりこんできたのです。誘ってきたベンヴォーリオにこんなことを言っています。

「よかろう、きみにつきあって晩餐会へ行こう。ただし、ほかの美人をながめにいくんじゃないぞ。わが愛しのきみの美しさを堪能しにいくのだ」

しかし、そんな舌の根も乾かぬうちに、彼はジュリエットと恋に落ち、ああ、わが一族のかたきキャピュレット家の娘を愛してしまうとは、と大いに嘆く。ジュリエットのほうもバルコニーのあの有名なセリフをつぶやきますね。

「ロミオ、ロミオ、どうしてあなたはロミオなの？　どうかあなたの父君を父君とせず、あなたの名をお捨てください。さもなければ、わたしへの愛を誓ってください。それだけで、わたしはキャピュレットの名を捨てます」

あるいは、「名前がなんだというのでしょう？　バラと呼ばれるあの花はほかの名でも、同じようにかぐわしく香るはず」

このように、ふたりの愛は家名に阻まれているからこそドラマティックなのですが、じつはロミオがその前に好きになったロザラインも敵方キャピュレット家の女性なのです。だから、ロザラインは熱情に駆られて求愛してくる若いロミオを牽制していたのでしょう。

『ロミジュリ』の半分は喜劇

ほれっぽいロミオはジュリエットに出会ったとたん、「空前絶後の美女」として熱愛していたロザラインを忘れ、こんな愛の言葉を口走ります。

「たいまつの明かりより眩い……暗やみで輝く宝石……まるで、黒いカラスの群れのなかの白いハト……わたしはこれまで恋などしたことがあったか？　いいや、断じてない。わたしは今の今まで、まことの美を目にしたことがなかったのだ」

よく言うよ！　という感じですね。ジュリエットはロザラインの従妹に当たりますから面差しも似ていたのかもしれません。

こんなお調子者のロミオ、そして大公一族の一員だというのに下ネタばかり連発するマキューシオ、ボケてツッこむ乳母など、本作のとくに前半はかなりコミカルな要素が多く、「『ロミジュリ』の半分は喜劇」と言われることもあります。
「死ななくていい若者が死んだ」と先述しましたが、もし二家の間に抗争がなければ、若い恋人たちも引き裂かれず、ティーンエイジャーのふたりは一年ほどもすれば自然と冷めて、また別な人を好きになることもあったかもしれません。少なくとも、両家の抗争によって、若いマキューシオやティボルト、パリス伯爵まで決闘で死ぬことはなかったでしょう。

とはいえ、ふたりの仲が急発展を遂げた裏には、じつはジュリエットのみごとな手綱さばきもありました。彼女は夢見るロマンチックな乙女というイメージが強いと思いますが、じつに有能で、夢見るどころかたいへんなリアリストなのです。このあとジュリエットの〝実務能力〟と、本作の疫病文学としての面も見ていきましょう。

パンデミックは名作を生む?

じつは『ロミオとジュリエット』はある種の「パンデミックもの」だと言えるでしょう。シェイクスピアが生きた(一五六四〜一六一六)のは、まさに腺ペストとの闘いの時代でした。

一五六四年のおそらく四月に、ウィリアムはジョン・シェイクスピアの息子として教会で牧師の洗礼を受けますが、その数か月後には、この牧師の登記簿に、ある職工見習いの死が記されます。その記録の余白に、牧師は「ここに疫禍が始まる」と書きつける。ペストの大流行の始まりでした。

乳児のウィリアム・シェイクスピアも罹患（りかん）しましたが、奇跡的に命を落とさずにすみました。しかしその後の人生の中で、幾度も感染流行が起き、彼はそのたびに劇作家、劇団経営者、俳優として、劇場の「ロックダウン」の憂き目にあいました。しかしこの間に、ステイホームを強いられたことで、傑作をいくつも誕生させたことも事実なのです。とくに一六〇六年から一六一〇年にかけては、ロンドンの劇場が通算九か月ぐらいしか開いていなかったと言われますが、この時期に、『マクベス』、『アントニーとクレオパトラ』、『冬物語』、『テンペスト』などの傑作群が書かれています。

先だってのコロナ禍も後世まで残る傑作文学を多く生む（すでに生んでいる）かもしれませんね。

さて、そんなペストの受難の時代でしたので、シェイクスピアの劇には疫病がつねに影を落としています。とはいえ、人びとはそういう浮世の憂さを晴らすためにお芝居を観にくるのですから、シェイクスピアは劇中でろこつに疫病の話題や病名は出さないようにしていたようです。この劇作家には独創的な罵倒がつきものですが、疫病に由来する悪口が多いのです。『ロミオとジュリエット』の中にも、ロミオの友人マキューシオが死に際に

「両家とも疫病にとり憑かれちまえ」と言い捨てる場面があります。

しかしながら、疫病が『ロミオとジュリエット』のプロットに最も甚大な影響を与えているのは、「文使い（手紙を届けにいく使者）」のくだりです。ティボルトと決闘して彼を倒したロミオは、マントヴァに追放されるのですが、密かに妻となったジュリエットが伯爵と結婚させられそうになる。ジュリエットはなんとしても愛するロミオに添い遂げたいと考え、ロレンス神父さまに相談します。

すると、ふだんから巧みな薬草使いであった神父は特殊な毒薬を用いたある計画を考えます。完全な仮死状態におちいる毒薬で、四十二時間それが継続したのち、突然覚醒するという奇跡のような薬です。ジュリエットはこれを結婚式の前夜に飲んで昏倒し、墓所に寝かされているところにロミオが助けにくるという段取りが立てられました。

そこで、神父はマントヴァにいるロミオにその計画を知らせる手紙をしたため、これをジョン修道士に運んでもらうことにします。ところが、です。ジョン修道士は同僚を旅の道連れにしようと、町へ探しにいきますが、この同僚が見舞いに訪れていた家に疫病患者が出てしまうのです。いまで言う〝濃厚接触者〟とみなされたふたりは、その家で足止めをくってしまう。ロレンス神父の元に手紙を戻そうにも、みんな感染を怖がって手紙に触ろうとしないため、手紙も一緒に留め置かれることになりました。

そうしてあの行き違いの悲劇は起きたのです。ジュリエットが仮死状態であることを知るのは、本人と神父だけですので、周りはみんな彼女が本当に死んだと思ってしまいます。そこでロミオの元に使者が送られ、「ジュリエットさまが亡くなりました」と伝えられる。妻が死んだと思いこんだロミオが自害し、覚醒したジュリエットがそのあとを追う……という最悪のシナリオになりました。ロミオとジュリエットはある意味、疫病に殺されたとも言えるのではないでしょうか。

リアリスト、ジュリエット

さて、ロミオと結ばれるために、毒薬を使った恐ろしい計画を実行したジュリエットですが、意志の固い、果敢な人だとも言えます。なんとなくイメージだけで、可憐で、か弱く、夢見がちな乙女だと思われがちですが、じつはたいへんなリアリスト（実際家）でもあります。

まだ十三歳ですが、ロミオからの求愛、求婚、結婚、婚礼、初夜と、そのステップを一貫してリードしてきているのは、ジュリエットなのです。ロミオにはきまじめなところがあり、すぐに「愛している」と言わずに、まず〝教科書〟どおりの手順で求愛を進めようとします。相手を星や花にたとえて称え、忠誠を誓ったりする前置きが長いのです。

そのため、ジュリエットはしびれを切らし、「もう誓うのは結構ですから、ご自分の言葉で話してください」といったことを言います。現代っ子っぽいですね。すると、ロミオが「誓って今後は……」などと答え、ジュリエットが「だから、誓わないでって言ったでしょ！」と怒る。そんなコントのような場面もあります。

ロミオのやり方がまどろこしいので、ジュリエットはDost thou love me? I know thou wilt say 'Ay,'「わたしを愛してる？　あなたはきっと『ああ』とため息をつくのでしょう」などと先回りします。

また、彼女はバルコニーでロミオへの愛を語った独白をすでに本人に聞かれてしまっていますが、「わたしがすぐになびく娘だと思うなら、眉をひそめて、わざと嫌と言って、すねてみせるわ」などと言ってロミオを刺激したりもします。つまり、もっとじらしたほうが、あなたも求愛（求婚）しやすいでしょう？と問いかけて、早く口説くよう発破をかけているのです。

大胆に結婚式の段取りをつけたのもジュリエットです。「愛の名誉を重んじ、結婚を考えてくださるなら、いつどこで結婚式を挙げるか、あした乳母に伝えてください」と具体的なアイデアを出してきます。〝逆プロポーズ〟のようなものですが、もちろん求婚は男女のどちらからしても構いませんよね。本作の舞台となった当時のヨーロッパでも、結婚は「両者の意思にのみ基づく」という決まりがすでにありました。

もしジュリエットの度胸と才覚がなければ、ふたりは求婚や結婚の約束はおろか、夜が明けるまでに愛を語りあうところまでも行きつかず、そうなれば、まったく違ったなりゆきがあったかもしれません。本作の題名は『ジュリエットとロミオ』のほうがふさわしいのでは?という気もしてきます。

「大人たちが始めた戦いで犠牲になる子どもたち」という視点で、この物語を見てみましたが、いかがでしたか? 本当に、ロミオとジュリエットら四人の若者と、若き伯爵は、なぜ死ななくてはならなかったのでしょう。「運命が定めた純愛のために死を選んだ恋人たちの至高の物語」という既成イメージに縛られずに読むことで、この古典作品にも、いろいろな新しい顔が見えてくると思います。

文中の引用は筆者による小説版『ロミオとジュリエット』を下敷きにした。

『高慢と偏見』ジェイン・オースティン

Pride and Prejudice *Jane Austen*

一筋縄ではいかない結婚狂騒曲

ジェイン・オースティン（一七七五―一八一七）
英国・ハンプシャー州の牧師一家に生まれる。中流階級の人びとの生活描写を得意とし、その先駆的な文体には鋭敏な批評眼が映し出されている。他の長編に『分別と多感』『マンスフィールド・パーク』『エマ』など。

ジェイン・オースティンの代表作『高慢と偏見』（一八一三）は映画化やドラマ化も何度もされていますが、二〇〇五年に「プライドと偏見」というタイトルで映画化されたものがおそらくよく知られているでしょう。

話の筋はある一家の結婚狂騒曲といったところですが、そこにはオースティンならではの鋭い観察眼が光っています。家庭ドラマの形を借りた社会批評とも言えるでしょう。橋田壽賀子（はしだすがこ）脚本のドラマ「渡る世間は鬼ばかり」と似ていると言う人もいます。一体、どんな物語が展開しているのでしょうか。

舞台はイギリスの片田舎。ベネット家の近隣の地所ネザーフィールド・パークの屋敷に借り手がつきました。なんでも、チャールズ・ビングリーという裕福な独身男性が引っ越してくるとか。さあ、ベネット夫人は色めき立ちます。一家には、ジェイン、エリザベス、メアリー、キャサリン、リディアという未婚の娘が五人。娘しかいませんから、父の資産は遠縁の男性ウィリアム・コリンズという牧師が継ぐことになっています。娘たちにとって結婚は、文字通り死活問題。ビングリーはまたとない〝超優良物件〟なので、抜け目ない策略と熾烈(しれつ)なつばぜり合いが展開します。

ある日、ベネット家の娘たちは舞踏会でビングリーに会います。長女ジェインはビングリーに好感を抱き、二人は良い感じで夜を過ごしますが、彼の親友ダーシーは次女エリザベスを「たいして美人でもない」などと言って、彼女とのダンスを拒否。なんとも高慢でいけ好かない男に見えます。

結婚という一大事に奔走する人びと

物語の出だしはこうです。It is a truth universally acknowledged, that a single man in possession of a good fortune, must be in want of a wife.(男が独身でたいした財産持ちとなれば、妻が必要に決まっているというのは、世に広く認められた事実である)

なんだかすっきりしない文章ですね？　truth universally acknowledged という言い方も大げさですし、that 節中の must が余計な感じもします。この出だしは私も何度か訳したことがありますが、いつも引っかかりが残ります。

仏文学者の野崎歓さんによれば、この書き方は十八世紀イギリス哲学のパロディだそうです。あえて難解な哲学書の言いまわしを使って事の重大さを強調しているのでしょうか？　そこはオースティン、一筋縄ではいきません。結婚の相手探し「ごとき」で大騒ぎして奔走する人びとを揶揄しているようにも取れます。いやいや、あるいは……？　ともあれ、当時のイギリス人女性にとって結婚がそれぐらい一大事だったのは確かです。

若い女性を歩かせる意味

エミリー・ブロンテ『嵐が丘』の節でも説明しますが、かつてイギリス貴族（公爵、侯爵、伯爵、子爵、男爵）には、entailment（限嗣相続制）という相続制度がありました。ヨーロッパのなかでもイギリスがこの制度を維持していたのは、相続によって財産が分散していくのを防ぐためです。爵位、土地、屋敷、その他の資産はまとめて長男が継ぐ。女性が就ける職種はきわめて限られていますし、そもそも上流の娘は働くものではないという家父長制の考えがありますから、結婚しないで食べていく方法がありません。

ということは、ベネット家は貴族なのでしょうか？　そうではありません。イギリスには、貴族の下に「ジェントリー」という階級があります。「準男爵（バロネット）、ナイト、エスクワイア、ジェントルマン」という四つの位に分かれ、この階級にも限嗣相続制は適用されていました。ベネット氏には敬称に「Mr.」が使われており、妻も「Mrs.＋夫の姓」で呼ばれていますので、そこから判断するにナイトには満たない位のようです。『高慢と偏見』はイギリスの敬称について知っておくとより面白く読めるので、のちほど触れます。

さて、高慢男のダーシーですが、その後はエリザベスのあけひろげな魅力と知性にだんだん惹（ひ）かれていきます。その一方、ジェインとビングリーも急接近。あるときジェインはビングリー家を訪問することになります。

ジェインは馬車で出かけた途上で豪雨に遭い、着いた先で熱を出して、数日間ネザーフィールドに滞在することに。連絡を受けたエリザベスは姉のもとに飛んでいこうとしますが、馬車はジェインが乗っていったので、歩いていくと言います。ここで母親が強く引き留めようとしますが、それはなぜでしょうか？

女性の一人歩きが危険だということもありますが、歩くという行為の意味が当時のイギリス上流社会では現代とまるで違っていました。古来、自然というのは予測不能な恐ろしいものでしたが、科学の発達とともに十八世紀以降、その「風景」の美しさを楽しむという発想が生まれてきます。「散歩」というものが生まれたのです。ロマン派の詩人たちは野山を遊歩して自然を謳(うた)っていますよね。

一方、オースティンは若い未婚の女性を歩かせることで、ある種の革命を起こしたのです。じつにラディカルな批評精神を感じます。エリザベスの歩行は優雅な散歩ではありません。やむにやまれず雨でぬかるんだ平原をずんずん歩いていくのです。当時のイギリスでは、趣味のお散歩ではなく用があって歩くというのは下々(しもじも)のすることでした。エリザベスは母の反対を押し切り、実用のために三マイル*も歩いてのける。ちなみに、本作の約三十五年後に書かれる『嵐が丘』でキャサリン母娘が愛する人に会いにいくために踏破する距離は四マイルでした(*一マイル=約一・六キロ)。

泥だらけで歩いてきたエリザベスは、案の定、ビングリー家の姉妹に馬鹿にされてしまいます。父の商いで財をなしたビングリー家の娘たち(未婚と既婚)は二万ポンドの遺産金を譲り受け、ロンドンの一流花嫁学校を卒業しているので、あまり裕福でないベネット家を見下しているのです。意中のダーシーがエリザベスばかり構うのでおもしろくないということもあります。妬み心はいつの時代も同じですね。

エリザベスの結婚のゆくえ

さて、ここにベネット家の相続権所持者ウィリアム・コリンズが登場し、エリザベスに求婚しますが、あっさり振られることになります。一方その頃、近くの町に義勇軍が駐留し、将校ウィッカムがダーシーの良からぬ噂(うわさ)を流したりして、コミュニティを引っかき回すのです。

エリザベスはこのウィッカムにも好かれるのですが、気になるダーシーとビングリーは冬が来るとロンドンに帰ってしまいました。それからは色々なすれ違いがつづき、ベネット家の娘たちの将来に暗雲がたれこめます。さあ、一家の運命はどこに向かうでしょうか？

五人姉妹のいるベネット家では、長女のジェインと近隣のビングリー、次女のエリザベスとビングリーの友人ダーシーによるドラマが展開していました。とはいえ、現代のように二人の好意と合意だけで事は進んでいきません。

ジェインはロンドンに帰ってしまったビングリーに会えることも期待して、この都会に住む友人を訪ねます。ところが、ビングリーの姉妹に失礼な態度をとられ、彼自身も会いにくることはありませんでした。

一方、エリザベスはベネット家の相続人コリンズと結婚した友人のシャーロットを訪ねます。近くにはダーシーの叔母レディ・キャサリン・ド・バーグの邸宅があり、ダーシーが彼女を訪ねてきたことから、二人はまた会うようになります。

じきにダーシーはエリザベスに突然の求婚をするのですが、これがまあ、イエスの返事が来そうにない傲慢ぶり。唐突な告白はこのように始まります。

"In vain have I struggled. It will not do. My feelings will not be repressed. You must allow me to tell you how ardently I admire and love you."（堪えてきたが限界だ。もう無理だ。自分の気持ちを抑えきれない。言わせてくれ、きみの虜なんだよ、ぞっこんなんだ）〔第三十四章〕

ardently admire and love you と崇拝ぶりを訴えるわりに、You must allow me to... とやたら上から目線の命令口調で、このギャップにずっこけますが、そのあとがさらにいけません。自分のプライドについてべらべらしゃべりだします。要約するとこういうことです。

「きみの家のほうが格下だから、結婚したら自分は身を落とすことになる。うちの家柄も考えてためらっていたんだが……」

ずいぶんですね。しかしこんなダーシーもエリザベスとの関係により、言葉遣いが改まっていくことにも注目しましょう。彼女に対しても、You must allow me to... ではなく、第四十三章では、Will you allow me, or do I ask too much, ...?（許してもらえますか、それとも図々しいお願いでしょうか?）と気遣いある質問文で語りかけるようになります。

敬称をめぐるつばぜり合い

とはいえ、この時のエリザベスは、あなたは傲慢なので元々嫌いだったけれど、ビングリーをジェインから引き離したことや、将校のウィッカムを悪く言っていることなどから、ますます大嫌いになったと求愛をはねつけます。

求婚の際にまで家の格など持ちだしたダーシーですが、一体どれぐらい地位が高いのでしょうか？　イギリス貴族の呼び方としては、公爵ならThe Duke...、侯爵・伯爵・子爵・男爵ならThe Lord...となりますし、その下のジェントリー階級でも一番上のバロネットと次のナイトであれば、Sirのあとにファーストネームがつづきます。ここは重要です。

ダーシーの亡父は大地主で、長男で後継者の彼には一万ポンドもの年収がありますが、呼び方はMr.＋ラストネームですので、貴族ではなく、バロネットでもナイトでもないことがわかります。

しかしダーシーの母方は貴族だとわかります。母親はLady Anne (Darcy)、ダーシーにまとわりつく叔母さまはLady Catherine(de Bourgh)と記されています。Ladyの後ろにファーストネームがつづいている点が要注意ですね。ダーシー家は貴族ではないのに、その妻の敬称がLadyだということは、伯爵より上位の家の出身であることが見てとれます。

なぜでしょうか。貴族の娘はジェントリーなどの平民階級といわゆる下方婚をした場合、「レディ何々」という実家での敬称を持参できたのです。しかしこの方式が可能なのは、伯爵の位まで。だから、伯爵家出身のダーシーの母も叔母も敬称にはこだわりがあります。

では、ビングリーはというと、年収四、五千ポンドで父から十万ポンドを相続していますが、高貴さに欠けるところが無きにしもあらず。父の財源が事業収入だからです。この時代、地代ではなく事業や専門職によってお金を稼ぐのは下に見られてしまったのですね。ですから、事務弁護士や商人の親戚がいるベネット家も、「あそこの娘さんたちはもらい手がありませんわね」などとビングリー姉妹に貶（けな）される始末です。全編を通じて、出自、称号、資産をめぐって明に暗につばぜり合いが展開します。

さて、求婚を断ったエリザベスのもとにダーシーから手紙が届きます。そこには、めんめんと真相が綴られていました。ダーシーのことを見直したエリザベスは、彼の地所ペンバリーで二度目の再会。それと相前後してベネット家の五女リディアとウィッカムの駆け落ち騒動もありますが、ビングリーはジェインへの求愛を再開します。

ベネット家の娘たちの春は近いようです。

先駆的な話法

最後に、オースティンが先駆的に使った話法を解説しましょう。みなさんとくに引っかからずに読んでいると思いますが（意識させないのが作家の手腕です）、第三十七章のここなどはそれにあたります。ベネット一家への批判が三人称で書かれていますが、これは作者の意見ではありません。エリザベスの不満が地の文にじかに書きこまれているのです。

They were hopeless of remedy. Her father, contented with laughing at them, would never exert himself to restrain the wild giddiness of his youngest daughters; and her mother, with manners so far from right herself, was entirely insensible of the evil.

エリザベスの視点と声が被さった「心理的一人称」とでも言いましょうか。訳すときには「彼女の父は笑っているだけだった」「彼女の母は本人もマナーが悪かった」とすると、ただの三人称平叙文になってしまいますよね。こんな感じでどうでしょう。

「救いようのない人たち。父さんは下の妹たちを笑って悦に入っているだけで、あのお転婆たちを躾けようともしない。母さんは本人のマナーからしてひどいから、悪さにちっとも気づかないのだ」

この原文がエリザベスのセリフとして「　」内で書かれていたら、やや軽率な感じがするでしょうし、完全な語り手の言葉として書かれていたら、作中人物に対して手厳しすぎて軽妙なトーンが損なわれてしまうでしょう。

オースティンはこの技法を欧米の作家では最も早く意識的に使った一人です。こうして地の文に語り手以外の視点と声を引きこむことで、小説の批評性を豊かなものにしました。

『高慢と偏見』は女性たちのたんなる結婚狂騒曲ではなく、かと言ってそれを揶揄するものでもなく、彼女たちがこのように奔走せざるを得ない男性社会に、卓抜なユーモアと強靱な語りの力で批評の目を向けたのではないでしょうか。三マイルも歩いて泥だらけになったエリザベスを嘲笑うのではなく、彼女、どうしてこんなことになったのでしょうね?と、鋭く問いかけてくるのです。こうした重層性が名作たるゆえんだと思います。

『嵐が丘』エミリー・ブロンテ
Wuthering Heights *Emily Brontë*

「世紀の恋愛小説」なのか？

エミリー・ブロンテ（一八一八―一八四八）
アイルランド出身の牧師の四女として英国のヨークシャーに生まれ、幼少時から劇作に熱中した。『嵐が丘』が出版された翌年の一八四八年に没。十九世紀のポストモダン作家とも称される革新性を持つ多くの詩も残している。

エミリー・ブロンテの『嵐が丘』（一八四七）は、タイトルの知名度は抜群だと思いますが、実際に全編通して読んだことのある人は意外と少ないかもしれません。

私が『嵐が丘』を翻訳しましたと言うと、「愛しあう若い男女が引き裂かれて、荒野のむこうとこっちに立って、『キャサリーン！』『ヒースクリーフ！』って叫びあうやつですよね？」といった反応がしばしば返ってきます。

じつはこの小説にはそういう場面はどこにもないのですが、『嵐が丘』といえばこの男女が主役と誰もが思いますし、「世紀の恋愛小説」と銘打たれています。とはいえ、『嵐が丘』には恋愛要素以外にも多様な側面がありますので、多角的に探っていきましょう。

まず、『嵐が丘』には主役がもう一人います。家政婦のネリー・ディーンです。「そんな人、いたっけ?」と思うかもしれませんが、彼女は本作の〝黒幕〟と言ってもいいでしょう。

波乱万丈の物語

ごく大まかな話の運びと、この小説の成り立ちについてお話します。

『嵐が丘』はイギリスのヨークシャーに教区牧師の四女として生まれたエミリーが唯一発表した長編小説です。本作を出版してほどなく肺炎が原因で亡くなったため、自分の死後の名声を知らない〝アマチュア作家〟のままでした。

物語は二部に分かれています。第一部は、丘の上の「嵐が丘」という農家に住むキャサリン・アーンショウと、その家に引き取られた孤児のヒースクリフを中心とするストーリー。第二部は、そのふたりの子どもたちの代のストーリーです。「ふたりの子どもたち」と言っても、キャサリンとヒースクリフの子ではありません。キャサリンは資産家の息子エドガー・リントンと、ヒースクリフはエドガーの妹イザベラと結婚するのです。

Wuthering Heights という原題がしめすとおり、本作はなごやかな田園小説ではなく、波乱万丈の物語です。Wuthering とは作中でも説明されていますが、(北イングランドの)

「土地ならではの形容詞で、一天、荒れ騒ぐさま」を表す語なのです。

次に、小説の造りですが、冒頭は「一八〇一年――」と、日記体小説のようにして始まります。ヒースクリフの持ち物である「鶫(つぐみ)の辻」屋敷をロックウッドという都会の青年が借り、この日記を書いているわけです。

ところが、本作の主な語り手役を担うのは彼ではありません。語り手の座は、まもなく家政婦のネリーに引き継がれます。彼女はもともとキャサリンの兄の乳母の娘で、子どもの頃からアーンショウ家に仕えてきました。家の子どもたちといっしょに遊び、ずいぶん書物にも触れたようで、「この家にある本はあらかた読んでいるんですよ」と、さらりと言う場面もあります。なかなかのインテリのようです。

彼女は家政婦の立場上、物陰から事のなりゆきをよく見ており、家族の秘密もそうとう知っている存在です。そう、『嵐が丘』とは、ある意味、家政婦の覗き見で出来ているのです。「家政婦は見た!」ですね。

絶妙な語りの魔術

このネリーが二つの家の来し方をロックウッドに語り聞かせるという形で、『嵐が丘』の大部分は成り立っています。さらに、ネリーの話のなかには別な誰かが出てきて、自分の見聞きした話を聞かせ、そのなかに出てきた誰かがまた自分の話を聞かせ……という重層的な〝入れ子構造〟になっているのが特徴です。

この技法はある意味、たいへんな〝発明〟でした。古代、西洋の物語というのは、作者と思われる語り手が、お話の最初に出てきて説明をしたり、途中で意見を言ったりするものでした。でも、近世以降に小説というジャンルが発達してくると、語り手がもろに表に出てこない工夫がなされます。

登場人物が自分で自分のことを語る一人称小説が、日記体文学や書簡体小説から発達したのです。もっとも、一人称文体は「わたし」が見知っていることしか語れないのがちょっと弱点ですね。

一方では、語り手は登場せず、いきなり登場人物が出てきて、「スカーレット・オハラは美人ではなかったが……」と語られる形の三人称小説も発達しました。でも、これはこれで不自然な面もあります。「いったい誰が語っているんだ？」という疑問がついてまわるからです。

『嵐が丘』は絶妙にその中間のスタイルをとっています。

ロックウッドは大家のヒースクリフに挨拶にいって、荒天でひと晩泊まることになりますが、そこで亡くなったキャサリンの亡霊を見ます。ほうほうの体で「鶫の辻」に帰ってきた彼は、「備え付けの家具のように」この家にいる家政婦ネリーから、アーンショウ家とリントン家の物語を聞くことになるわけです。

こうしてネリーの独り語りがとても自然に展開しますが、話が入れ子の奥へ奥へと入っていくうちに、読者はしだいに語り手ネリーの存在を忘れて、三人称小説のように読むことができます。

トリッキーな語り手

三人称小説の大前提を一つ挙げておきましょう。それは「客観性」です。誰かの主観を通さずに語られているということ。つまり、『嵐が丘』の読者はいつのまにか、これは客観的事実が述べられた物語だと思いこんでしまうのです。みなさんのなかにも、ネリーという語り手がいたことなど、忘れていた人がけっこういると思います。でも、語っているのは、両家の利害関係者でもある家政婦だということは覚えておきたいですね。

ネリーは有能で忠実な家政婦ですが、なかなか意地悪なところもあるのです。人が見ていないところで、キャサリンお嬢さんの腕をぎゅっとつねったりしますし、策略家でもあります。渡してほしいと言われた手紙をすぐには渡さなかったこともありました。

キャサリンに対する感情も複雑で、「ほんとうはお嬢さんのことなんか嫌いなので、お輿入れ先（嫁ぎ先）についていくのは気が進まないけれど、お給金をはずむと言われたので、仕方なくついていった」などと、告白する場面もあるのです。

ネリーの語り口ひとつで、物語は大きく変わってくるに違いありません。現代文学には「信用できない語り手」という用語で呼ばれるトリッキーな語り手がいますが、『嵐が丘』は十九世紀にして、すでにそうした不確実性を取り入れていた先駆的な小説と言えるでしょう。

ヒースクリフとは結婚できない？

本作は、キャサリンとヒースクリフという若い恋人たちが、身分違いのために仲を引き裂かれ、それゆえいっそう愛の炎を燃えあがらせる物語として知られています。とはいえ、なぜ別れなくてはならなかったのでしょう。

まず、ふたりは当時のイギリスでどんな位置にあるでしょうか。キャサリンのアーンショウ家は爵位をもつ貴族ではもちろんありません。アーンショウ家の住居である「嵐が丘」を「農家」と表現する場面が何度かありますので、わりあい裕福な自作農家（ヨーマン）だったと推測されます。

一方、キャサリンが結婚する資産家エドガーのリントン家も、貴族階級ではないようです。しかし貴族の下に、準男爵（バロネット）、ナイト、エスクワイア、ジェントルマンという四ランクから成る「ジェントリー」と呼ばれる階級がありました。リントン家はなかなか格式もあるようですので、当主は土地持ちのジェントリー階級でしょう。バロネットとナイトには名前の前に「サー」、その妻には「レディ」という敬称がつくものですが、誰もそう呼ばないところを見ると、それより下位だったと考えられます。

かたやヒースクリフはキャサリンの父親が旅先でひろってきた出自不明の孤児です。色が浅黒いとの記述があり、移動民族の子だという説もあります。

自作農家の娘と彼では「身分違い」ではあるのですが、彼はアーンショウ家の主人にいたく気に入られていましたし、キャサリンの両親は早くに亡くなってしまいますので、ふたりの結婚には反対できません。

だったら、彼女は父の遺産を兄と分割し、ヒースクリフと農家を営んで慎ましく生きていくことはできなかったのでしょうか?

シビアな「不動産小説」

ここに、前節で解説したイギリスの当時の遺産相続法が関係してきます。「限嗣相続制」ですね。土地家屋、その他の財産、貴族なら爵位を子どものうちの一人だけ(たいてい長兄)に相続させる制度です。女性には相続権を一切認めないことがほとんどでした。

だから、前節の『高慢と偏見』も、テレビドラマの「ダウントン・アビー」も騒動が巻き起こるわけです。

『嵐が丘』も同じです。アーンショウ家の一人娘キャサリンは生活の安定した男性と結婚しないと生き延びられません。

彼女はエドガーに求婚されたとき、彼がハンサムで、明るくて、一緒にいて楽しいから結婚するんだと言いますが（一緒にいて楽しい男性がいいという女性の感覚は、百八十年前も今も変わりませんね）、さらにネリーが問い詰めると、「彼は将来お金持ちになるし」と白状します。しかし、「ヒースクリフとわたしの魂はおなじもの」で、別れることはあり得ないと言うのです。とはいえ、財産のない自分と彼が一緒になったら、「ふたりして物乞いになるしかない」と。

その結果、キャサリンは土地持ちの資産家エドガーを結婚相手に選びます。さらには夫の財産でヒースクリフに援助をしようとも考えるのです。このやり方は、第五章で紹介する『風と共に去りぬ』にも受け継がれています。ヒロインのスカーレットは夫となるレット・バトラーのお金を片思いの相手アシュリの生活保障に充てようとします。

ヒースクリフはいわば土地財産にキャサリンを持っていかれたのです。だから、両家から土地財産を奪うことで復讐を果たそうと一生を費やす。そう、『嵐が丘』というのは情熱的な恋愛小説であると同時に、土地を取ったり取られたりするシビアな「不動産小説」

でもあるのです。

エミリー・ブロンテは牧師の娘でしたが、法律にもなかなか詳しく、それを作中でも巧みに使っていることがわかります。本作では登場人物が次々と亡くなっていきますが、没する順番に留意してみると、アーンショウ家とリントン家の遺産が復讐鬼ヒースクリフの元にどんどん集積するように、物語が展開していくことがわかります。

①夫婦とも亡くなる場合は、妻が必ず先に他界。キャサリンの兄ヒンドリーは妻のフランセスに先立たれ、ヒースクリフも妻のイザベラに先立たれます。

②女性は子どもを産んだら間もなく、または早いうちに亡くなります。フランセスもキャサリンもイザベラも、このパターンです。

なぜかといえば、父の死後、遺産を相続した彼女たちの息子がもし母より早く亡くなった場合、「残余権」によって母に遺産が「戻って」しまう可能性があるのです。だからこれをあらかじめ封じるため、プロット上、母親には早々に退場してもらったのでしょう。

そして最後に笑うのは……

では、この復讐劇に、語り手であり敏腕家政婦のネリーはどのように関わってくるのでしょう。

ネリー・ディーンが生まれたのは、キャサリンの誕生より九年前の夏です。母親がアーンショウ家の乳母だったので、ネリーもこの家で厳しくしつけられ、教養も身に着けました。ヒースクリフに初めて会ったときから、そのずば抜けた才能と美貌に気づいているあたりに、並はずれた慧眼(けいがん)を感じさせます。味方につくなら当家の長男ヒンドリーではなく、ヒースクリフだと見抜いていたのでしょう。これは正解でした。一方、人を容易に信じないヒースクリフも、有能なネリーにだけは心をひらいています。

家政婦というのは、その一家のどんな場面にも目立たず出入りし、話を耳に入れることができます。気になるのは、キャサリンたちの父が亡くなったときのこと。ネリーはその前から彼の異変を察知していながら、なぜか放置していました。

ネリーには、このようなことがしばしばあるのです。ヒースクリフに聞かれては困る話をしているとき、ソファの陰に彼がいるのを知りながら黙っていたり、キャサリンが風邪を引きそうだとわかっていながら放っておいたり、もうすぐ死にそうな人の容態を伏せておいたり。

そうするうちに、人びとは順々にこの世を去って遺産をリレーし、ヒースクリフは復讐の完遂に近づいていきます。ところが……。

彼は土地と子孫強奪の復讐をついに実現させますが、何もかもを手中にしたところで急に力尽き、ネリーに「もうちょっとで俺の天国に手が届きそうなんだ」などと言い残して、自殺同然で絶命するのです。土地も財産も子孫もすべて、この家政婦の管理に委ねる形で……。

最後に残る主要人物はたった三人。この悲劇の物語のなかで着々と力をつけ、出世していくのは、ネリー・ディーンただ一人です。終盤で、彼女は「イングランド広しといえど、あたしより幸せな女はいないでしょうからね！」と、静かに笑うのでした。

『嵐が丘』の知られざる登場人物の意外な側面からこの恋愛小説を読み解いてみました。古典名作の新たな貌（かお）が見えてきたでしょうか？

『ジェイン・エア』シャーロット・ブロンテ

Jane Eyre; An Autobiography　*Charlotte Brontë*

自立した女性像を描く

シャーロット・ブロンテ（一八一六―一八五五）
英国ヨークシャー生まれ。家庭教師をしながら私塾開設を目指すが失敗。『嵐が丘』を書いた妹エミリー、もう一人の妹アンも小説家で、「ブロンテ三姉妹」と呼ばれる。主な作品に『教授』『シャーリー』など。

この節では、十九世紀のイギリス文学を代表する『ジェイン・エア　ある自叙伝』（一八四七）を読んでいきましょう。

女性がキャリアを持つのが困難だったこの時代、現在も名を残す女性作家がイングランドに何人か現れました。ジェイン・オースティン、ブロンテ三姉妹、ジョージ・エリオット（男性名ですが女性作家です）。どうしてイングランドに女性作家がいち早く登場したかと言えば、一つには産業革命が他のヨーロッパ諸国より早くに起きたことがあります。それに伴い時間とお金に多少余裕のある中産階級が形成されました。社会変革に伴い女性の読み書き能力も向上。また、印刷技術の発達で本を出版しやすくなりました。

抑圧される女性たち

『ジェイン・エア』はまさに自立する若い女性の物語です。冒頭でジェインは十歳。父母を亡くし、伯母のリード夫人の「ゲイツヘッド館」で養われていましたが、夫人は自分の実子たちばかりを可愛がり、ジェインをいびり倒すのです。継子物語の典型ですね。

聡明な彼女は幼い頃から、高度な書物を読みこなしています。『英国鳥類史』という本では、「波しぶきのあがる荒海に独りそびえる岩や、寂れた海辺に乗りあげて破損した舟」を重要視する文章に引きつけられます。孤独な岩や座礁した舟はジェインそのものです。心情を自然に投影するこうした技法は全編で使われています。

芯が強く自分を曲げないジェインは辛辣な意見者であり反撃者でもあります。大食いで太っていて横暴ないとこのジョンに向かって、「あなたってローマ皇帝みたいね」と暴君ネロやカリギュラにたとえたり。十歳そこそこの少女がすごい教養ですね。

そんなジェインは従順な女子の理想像からはほど遠く、夫人から処罰を受けることになります。伯父のリード氏が臨終を迎えた「赤の間」(the red-room)と呼ばれる部屋に閉じこめられてしまうのです。ジェインは恐ろしさのあまり半狂乱になります。

家の二階にある赤の間とジェインの監禁は本作にとって非常に象徴的です。身体的にも精神的にも「閉じこめられる」(confinement) ということが『ジェイン・エア』のテーマの一つだからです。当時の女性は「精神的不調」とみなされると、よく上階の部屋に軟禁されました。文筆に勤しもうとする妻が二階の一室に幽閉され狂っていくシャーロット・ギルマンの『黄色い壁紙』(一八九二) などもその好例です。この上階の部屋あるいは屋根裏というのは、女性への抑圧を表象しています。

幕開け早々に出てくる赤の間はあらゆる意味で、本作の先行きの予兆となっているのです。赤は血や炎の色です。愛や情熱や生命力だけでなく、怒り、死、疫病や地獄の業火をも暗示し、adultery (不義) の者が緋色のAの文字を付けさせられた宗教的歴史もあります。この物語で起きる事柄を予告しているとも言えるでしょう。

新時代を象徴するジェイン

一家に嫌われたジェインはローウッド学院 (貧しい子どもたちを無料で寄宿させた慈善学校) に入れられます。八十人ほどの女生徒たちはみな孤児らしく、学院内の環境は劣悪で、食事は不味いスープと薄いパンと水だけ。学長のテンプル先生は人格者のようですが、財務担当兼管理者の牧師は偽善者で、意地悪な先生たちがおり、ジェインの受難はつづきます。ここも彼女を confine する世界なわけです。

ジェインは学内にヘレンという親友を得ます。ヘレンはある先生に憎まれており、ひどい体罰を受けることもありますが、彼女は「汝(なんじ)らの敵を愛せ。汝らを呪ってくる人びとに神の祝福を与えよ。汝らを憎み虐使する人びとに善をなせ」という新約聖書マタイ伝五章四十四節を口にします。しかしジェインはこの恭順な彼女にもこう言うのです。「だったら、わたしはリード夫人を愛すべきなのね。そんなの無理だけど。息子のジョンにも祝福を与えるべきなのね。あり得ないけど」

ジェインは新時代の人間なのです。近代以降に育まれてきた考えとは、個人主義です。それは人間らしさを尊重し、ある面では教会の権威や、ときには神とも距離をおくものでした。ジェインはヘレンからキリスト教の赦(ゆる)しや忍耐を学ぶ一方、一人の人間としての生き方を確立させていきます。一方、敬虔でやさしいヘレンは肺を患って神に召されることになりました。

ローウッド学院はチフスの大量感染を出して体制が改善され、ジェインは八年間の寄宿生活に終止符を打ちます。教師として広告を出すと、雇い手が現れたのです。ロチェスター家の主(あるじ)が後見人をしている少女、アデール・ヴァランスの家庭教師の職でした。

ジェインはとうとうローウッド学院を出られますが、彼女の confinement は解かれるのでしょうか？　雇われたソーンフィールド館は由緒あるお屋敷で、有能な家政婦フェアファックス夫人が厳しく管理しています。一階と二階には立派な部屋が並んでいますが、三階は薄暗く、流行後れになった家具がしまわれていました。

雇い主のロチェスターはずいぶん横柄な男性でした。上流階級の年長者らしくジェインに直接話しかけようとしません。彼女に「どうぞお座りください」と言うのではなく、家政婦に"Let Miss Eyre be seated."（ミス・エアを着席させなさい）と言いつけます。その口調や身振りはこう言っているようでした。

"What the deuce is it to me whether Miss Eyre be there or not? At this moment I am not disposed to accost her."（ミス・エアがそこにいようがいまいがわたしはどうでもいいんだ。今のところ声をかける気にはなれんのだから）

the deuce は「悪運・悪魔」などを意味し、疑問詞を強める働きをしています。accost（急に近寄って声をかける）という動詞もむしろ不遜な印象を与えます。ふつうは目下の者が目上の人に不躾に話しかけるのが accost です。ロチェスターがジェインに使うと、得体の知れない生き物を警戒しているようにも見えます。

警戒心から敬意へ

しかし（『高慢と偏見』のダーシーもそうでしたが）ロチェスターはジェインの知性や真摯

さに敬意を持つようになり、話し相手として呼びつけます。二人が「傲慢」「驕り」「堕落」「後悔」「改悛」などをめぐって丁々発止と会話を交わすくだりは、本作のテーマをちりばめた重要なパートです。この長い会話の後、ロチェスターはジェインの見方を改めたようです。

そんなある日、就寝しようとしているジェインは低い呟きにつづいて悪魔の笑い声のような恐ろしげな声を聞きます。ドアを開けてみると、廊下には火のついたロウソクが置かれており、ロチェスターの寝室から煙がもうもうと出ています。

ロチェスターの部屋のドアを開けてみれば、真っ赤な炎が彼のすやすや寝ているベッドを包みこもうとしていました。いわば、「赤の間」の再来です。この火事はどうして起きたのか？　不気味な笑い声の主は？　ロチェスターは率直なジェインを愛するようになりますが、その後とんでもない事実が発覚するのです。

自分好みに染めたいロチェスター

さて、ここからはおぞましい事態が次々と出来します。現代から見るとなかなか読むのがつらい部分もあるのですが、時代を超えて多様な解釈を誘いだすのが名作たるゆえんかと思います。

雇い主のロチェスターはジェインの気を引くために、ある美しい令嬢に求婚するふりなどしますが、とうとう身分違いのジェインにプロポーズをします。こんな風に。

「今朝はまたじつに美しい。これがわたしの蒼ざめた小さな妖精さんだろうか？（…）この陽に灼けた、頬にえくぼをこさえて、バラ色の唇をした可愛い娘さんが？（…）」

「いえ、ここにいるのはジェイン・ロチェスター・エアです」

「そうだね、じきにジェイン・ロチェスターとなるはずの」

だいぶ強引ですね。ジェインは驚き、こんな見栄えのしない自分があなたの妻になれるはずがないと言います。本作のヒロインは器量が良くないと繰り返し書かれているのですが、ロチェスターにとってはこの上ない美人です。

ここで、女性を自分の色に染めたいロチェスターとジェインの考え方の違いが明らかになります。ロチェスターは「わたしのジェインにサテンとレースのドレスをまとわせ、髪にもバラの花を飾らせてやろう（…）」と言います。

She shall have roses in her hair; の shall という助動詞に注目してください。主語の she は彼の目の前にいるジェインのこと。shall は主語の単純未来や意志未来を表すだけではありません。三人称・二人称に shall をつけると、主語ではなく話者の意向を表わす場合があるのです。「～にさせよう・させてやる」「～にしてもらおう」という意味です。つまり、「彼女はバラの花を髪につけるだろう」という推量ではなく、「彼女（きみ）の髪をバラの花で飾ってやろう」というロチェスター（話者）の意向が表れています。この用法は通例、目下や子どもに使うことが多いので、なんだかえらそうな感じがしますね。

しかしジェインはきっぱりとこう言い返します。「でも旦那さま、そんなことをしたら、わたしがわたしだとお分かりにならなくなりますよ。そうなると、もはやあなたのジェイン・エアではなく、道化の上着をきたお猿さんになってしまいます。まるで借り物の羽根飾りをつけたカケスです」

新時代の女性らしいアイデンティティの表明です。一方、ロチェスターが彼女を褒めるのに「はしばみ色の瞳の」と言っているのが妙です。だって、ジェインの瞳は緑色なのですから。

緑色の瞳というのは、意志の強い女性を表象することがあります。他方、はしばみ色(hazel)の瞳というと、柔らかでやや内向的なイメージ。文学作品にもよく出てきますね。たとえば、『風と共に去りぬ』のスカーレット・オハラの瞳は緑色で、はしばみ色は一切混じっていないとわざわざ追記されています（『風』の作者ミッチェルは『ジェイン・エア』の愛読者でしたから、この箇所を意識して書いたとも考えられます）。緑色なのに自分好みのはしばみ色に染めてしまうロチェスター。ジェインはそれに気づいていますが、「彼にはそう見えているのだろうからこの間違いはお許しいただきたい」と読者に語りかけます。

隠されていた本妻

ジェインは結局、ロチェスターの求婚を受け入れ、彼はやけに急いで結婚式の準備を進めますが、挙式の最中、この結婚に異議を唱える弁護士が飛びこんできます。いわく、ロチェスターにはすでに妻がいるというのです！　西インド諸島出身のバーサ・メイソンという女性で、ロチェスターはその事実を臆面もなく認め、自分は十五年前に騙(だま)されて結婚させられたのだと訴えます。

バーサの家系には精神の病があることを秘匿されていたと彼は言うのですが、バーサの実家の資産を目当てに結婚を決めたというのが実情です。独りイギリスに連れてこられ、陰険な差別と偏見に晒されたバーサは、孤独と不安から心を病み、それゆえ人目につかない屋根裏に幽閉されていたのでした。

屋敷裏に行ってみると、そこには獣のように四つん這いではいまわるバーサがいました。痛ましい姿です。あの謎の呟き、笑い声、不審火はバーサによるものでした。乱れた髪、紫色にむくんだ顔、真っ赤な目がらんらんと輝いています。暴れてロチェスターに嚙みついたバーサは縄で椅子に縛りつけられます。

ここに至って、本作の confinement（閉じこめ）のテーマが最前面に押しだされてきます。かつてジェインという女性を監禁したあの「赤の間」が姿を変えてこの館に移送されてきたようにも思えます。

ジェインに訪れた幸せ

ロチェスターは駆け落ちしようとジェインを説得しますが、彼女は「愛人」になることを拒み、決意が揺るがぬよう夜明けにソーンフィールド館を出ていきます。

見知らぬ土地で飢えに苦しみ、物乞いや野宿するしかなく、人としての尊厳を踏みにじられて……。やがてジェインは田舎牧師のセント・ジョン・リヴァーズに助けられ、教職を得ます。それに加えて、会ったことのない叔父が二万ポンドの財産を彼女に遺していたことも判明しました。教職と遺産を得たジェインは今度こそ社会的にも経済的にも自立できるでしょうか？

さらに、この叔父はセント・ジョンとその妹たちとも親戚だとわかり、天涯孤独だったジェインは急に新たな家族を得ました。初めて幸せの訪れを感じつつ彼女は遺産をリヴァーズ家の兄妹たちと等分にし、セント・ジョンはジェインに求婚します。ジェインは彼の赴任地インドへ同行を求められますが、自分の心の自由を守るために断ることを決意します。こうした選択にも新しい考え方が表れていますね。

信仰への奉仕と自分の生き方との狭間で悩むなか、ジェインはどこかから呼びかけてくるあの人の声を聞き、ソーンフィールドへ急行します。ところが、屋敷はバーサの放火により焼け落ちていました！　本作中で最大の「赤の間」の再来と言えるでしょう。バーサは、ロチェスターは、どうなったのでしょうか？

終盤で、ジェインが「わたしはいまや独立した女性です」「わたしがわたしの主人なのです」と宣言するくだりが胸を打ちます。一方、人に助けられたり導かれたりすることを弱さの証として嫌っていたロチェスターは、人に頼ることを受け入れます。それは、ある意味、悪しき男らしさからの解放とも言えるでしょう。

本作は、愛しあう男女が理不尽な障害を乗り越え、想いを貫く物語として読まれてきました。現代の目で見ると、それは様相を異にするでしょう。十九世紀半ば、尊厳ある自立を目指したジェイン・エアという有能な若い女性の前には、その力を封じこめようとする「赤の間」が幾度も立ち現れます。そう考えると、本作は主人に真に愛された女性と、その恋路を邪魔する妻との対立の物語ではなく、ジェインとバーサは表裏一体の存在に思われてきます。バーサはジェインのなかにもいるでしょう。時代を超えて読み継がれるべき名作だと思います。

『レベッカ』ダフネ・デュ・モーリア

Rebecca *Daphne du Maurier*

モダンな怖さ漂うゴシックロマンス

ダフネ・デュ・モーリア（一九〇七―一九八九）
英国ロンドン生まれ。祖父は画家、両親は著名な俳優。著書に『レイチェル』『破局』、ヒッチコック監督によって映画化された『鳥』などがある。

『レベッカ』（一九三八）は私が最も愛する古典名作の一つです。

十八世紀に始まった英国ゴシックロマンスの系譜は、ブロンテ姉妹を経由して、この姉妹の愛読者だったデュ・モーリアに手渡されることで、より確かなものになったと言えるでしょう。しかし『レベッカ』はモダンな心理要素も併せ持った作品でもあり、二十世紀の末から再評価がつづいています。

いくつか留意したいポイントをあげておきましょう。①全編が一人称の回想形式で語られること。②タイトルロールの「レベッカ」本人は作中一度も登場しないこと。③主人公の女性の名前が終始明かされないこと。

主人公の女性とその裕福な夫マキシム・デ・ウィンターはイギリス南西部の「幸福の谷」に建つマンダレイを出て、ヨーロッパの異郷を転々としながら、いまは殺風景な狭いホテルの一室で暮らしているようです。なにがあったのでしょう？　まずは、多くの作家から「これほど魅惑的な語り出しはない」と絶賛される冒頭部分をご紹介します。

> ゆうべ、またもマンダレイに行く夢を見た。車道につづく鉄門の傍らに先ほどから佇みながら入れずにいるのは、行く手をふさがれているせいらしい。（…）錆びついた門の格子の間から中を覗くと、屋敷にはひとけがないのが見てとれた。
> 煙突からは煙もあがらず、小さな格子窓がわびしげに口を開けていた

一度は開拓した森が猛々しい力を取り戻し、あたりを覆っているようです。家の窓を表現するのに、gapeという単語が使われています。gapeは「呆然としてぽかんと口を開く」といった意味の動詞ですが、文学作品ではこのようにひとけない窓やうつろな穴に対して使うことがあります。

「見えない」妻、レベッカ

若くして両親を亡くした語り手の「わたし」はヴァン・ホッパー夫人というアメリカ人女性のコンパニオン（老婦人などに雇われる付き添い人）として地中海のモンテカルロへ旅した際に、イギリスの上流階級の男性マキシム・デ・ウィンターと知りあいます。その数週間後、マキシムは彼女に求婚して二人は結婚、彼は「わたし」を先祖代々の屋敷マンダレイへと連れ帰ります。

新婚夫婦を迎えた屋敷は華やぐはずですが、なぜか暗雲がたれこめています。マキシムの前妻レベッカが前年、屋敷の近くの入り江で溺死したらしいのです。輝く美貌とあふれる才能の持ち主だったというレベッカの存在――いわば「霊」――がいまもマンダレイを支配しており、「わたし」は前妻の幻にとり憑かれてだんだんと追いつめられていきます。こうした「見えない妻」の描き方には、屋根裏に隠された妻がいるシャーロット・ブロンテ『ジェイン・エア』の影響も感じられます。

主人公の精神不安定に拍車をかけるのが、ダンヴァース夫人という陰険な家政婦です。ダンヴァース夫人はなにかと言うと、庶民出身の「わたし」とレベッカを引き比べます。この家政婦にとってマンダレイの女主人はいまもレベッカだけなのです。ここで、名前に関する奇妙な展開について見ていきましょう。本作は名前をめぐる物語と言ってもいいと思います。

存在の希薄な主人公

一度も姿を現さないのに名前がタイトルにまでなっているレベッカに対して、語り手であり主役である「わたし」は氏名が不明のままです。婚前の姓もですが、夫にファーストネームで呼ばれる場面すらなく、家政婦たちには「デ・ウィンター夫人」と呼ばれます。しかし家政婦は前妻のレベッカのことも断固として「デ・ウィンター夫人」と呼びつづけ、まるで「本物のデ・ウィンター夫人はレベッカ様だ」と言っているようです。呼称がある種のいじめになっているのです。

「わたし」の名前については、マキシムと知りあう場面からして不可思議なやりとりがあります。マキシムと近づきになりたいヴァン・ホッパー夫人は、ホテルのラウンジで横に座っていた彼が挨拶のために立ちあがると、「してやったりと頬を紅潮させながら、わたしのほうをぞんざいに指して、名前をぼそぼそと（マキシムに）伝えた」と主人公は言います。

大長編の主人公の名を読者に伝える機会をつくっておきながら、なぜわざわざ伏せるようなことをするのでしょう？　ヴァン・ホッパー夫人の声が聞こえない程度だったとしても、作者がその気になれば、読者への情報としてどこかに差し挟むことは容易にできるでしょう。ともあれ、このときマキシムが「わたし」の氏名をしっかり聞きとったことは、先に行くとわかるのです。夫人のいない場で、ふたりはこんな会話を交わします。

「ご家族はいらっしゃらないの?」
「はい——みんな亡くなりまして」
「とても素敵な変わったお名前だね」
「とても素敵な変わり者の父だったんです」

どうやら珍しい名前のようです。またもや名前を話題にしながら、登場人物の口にはのぼらせない。要は、読者にだけ情報をブロックしているのです。寓話などで、登場者に固有名が与えられないのとは意味が違いますね。

「わたし」はじつは名前だけでなく、外見や顔つきについてもほとんど描写がなく、容貌を思い描くことができません。一人称語りなので自分の見た目に言及しないのは自然かもしれませんが、他人の声を通して読者に伝えることは可能でしょう。

『レベッカ』の語り手の名前のなさはどこかで、彼女の顔のなさと繋がっているようです。さらには、その容貌のあやふやさと、人格の輪郭づけのあいまいさが、なにか連動しているようなのです。

なぜこのような書き方をしたのでしょうか? 人物を「生き生きと」描きだすことは、

近代小説の要諦のはずですね。まるで、デュ・モーリアは本作でその逆をやろうとしているかのようです。語り手／主人公の存在の希薄さが底気味の悪さを漂わせすらしますが、『レベッカ』という小説の核心の一つは、語り手／主人公の「見えなさ」にこそあるのかもしれません。これについてはあとでもう一度解説します。

レベッカの死の謎

結婚して伝統あるマンダレイの屋敷に連れてこられた「わたし」は、すぐに前妻レベッカの支配的な霊気を感じとります。海難事故にあった彼女の遺体は（家政婦によれば）悲惨なものでした。一糸まとわぬ姿となり、海中の岩で顔がずたずたにされ、両腕がもげて、身元がわからないほどだったと。夫のマキシムが独りで埋葬を執り行いました。

さらに家政婦のダンヴァース夫人はこう囁いてきます。「時々あたくしは思うんですよ。あのかた（レベッカ）がマンダレイにお戻りになり、あなたとデ・ウィンター様が一緒のところをじっとご覧になっているのではと」と。なにしろ、レベッカは「この世で手に入れられるものはことごとく手に入れるべく生まれついている」（You were born into this world to take what you could out of it）と言うのです。イギリス文学には『嵐が丘』や第五章で紹介する『ねじの回転』など、なかなかくせ者の家政婦が出てきます。

さて、マンダレイで毎年恒例の仮装舞踏会の時期がやってきます。主人公はその準備に勤しみ、気分が昂揚してきますが、このパーティは悲劇に転じます。ダンヴァース夫人の提案で、レベッカが最後の舞踏会で着た白いドレス姿で主人公が現れると、マキシムは取り乱します。それを見た「わたし」は、夫はいまでもレベッカが忘れられず、自分は愛されていないのだと思いこんでしまう。翌日、ダンヴァース夫人によって飛び降り自殺に追いこまれそうになりますが……。

復讐か、愛情か

ここから先はじつにスリリングな展開が待ち受け、まさに巻を措く能わずです。主人公が死の誘惑に屈しそうになったとき、入り江から爆音が響きます。船の座礁を知らせる合図でした。潜水夫が海中を探ると、破損したヨットとその船室にレベッカの死体が発見されます。埋葬されたはずの遺体がなぜ？

マキシムは「わたし」に〝真実〟を語りだします。レベッカは究極の悪女であり、従兄のジャック・ファヴェルらと不義を重ねていたと。離婚を迫ったものの、レベッカはそれを拒み、ファヴェルの子を妊娠していると告げました。怒りに駆られたマキシムは銃を手にし、彼女を撃ち殺した後、ヨットごと海に沈めたと言うのです！

これを聞いた主人公はマキシムの愛を確信して安堵しますが（人ひとり殺しているのに安堵するのもどうかと思いますが）、彼には殺人の罪が降りかかります。しかし物語はさらに二転、三転していきます。レベッカの乗っていたヨットの底に穴が空いていたことから、自殺であったと一度は結論づけられますが、その後、ファヴェルがマキシムを殺人罪で告発。レベッカはなぜ、どのようにして死んだのか？　最後の鍵を握るのは、レベッカを診察したロンドンの医師でした。

復讐説があります。レベッカは自分を愛さないマキシムへの復讐として、挑発的なことを言って射殺させようとしたと考える説です。もう一つには、愛情説があります。レベッカは悪女ではあったがマキシムのことを愛しており、彼を自由にしてやるために自殺したと。一体レベッカとはどんな人間だったのか？　本人は一度も登場しません。言い換えれば、レベッカは人びとの語り（多くはダンヴァース夫人の言葉）の中にしか存在しないのです。やがて、そのダンヴァース夫人は行方不明となり、マンダレイの屋敷は……。これが冒頭の夢につながっていきます。

謎めいた主人公

ここで主人公の人物造形の話に戻りましょう。死んでも存在感が濃くなるばかりのレベッカに対して、彼女は名前もなく、容姿も性格もあやふやなままであることは先述しました。この点をもう少し掘り下げてみたいと思います。

本作において、主人公の氏名は作者の明確な意志をもって伏せられているのがわかります。レベッカと比べてみましょう。彼女も主人公も、家政婦から「デ・ウィンター夫人」と夫の姓で呼ばれていましたね。同じ呼称を使うことで、レベッカがいまも当家の女主人であり、主人公は〝まがい物〟だと常に匂わせています。

夫のマキシムもレベッカの名は口にしようとしません。ようやくマキシムが前妻の名を自ら口にするのは、例の告白の場面に差し掛かってからなのです。

では、前妻の名を口にしない人たちに囲まれながら、「わたし」はどうやってその名を早々に知るのでしょう? それは、ある詩集に記された彼女の「金釘文字」の署名を盗み見たからなのです。つまり、まわりが口にしなくても、このように読者に名前を知らせるすべはあるわけです。

主人公の容姿についても、「ウェーブもかけていない切り下げ髪、化粧けのない幼げな顔……」などのごく序盤の描写以外にほとんどありません。マキシムは彼女と初めて出会ったときに惹かれた表情があると語り、そのために結婚したとまで言うのですが、それがどんな表情であったのか、「はっきりとは言えない」「言わないでおく」と、ここでも謎めかされます。

本作の主人公はどうしてこんなに存在感の希薄な人物なのか？　私はこのことを長年不思議に思っていました。一つのインスピレーションを得たのは、あるゴシック風小説に出会ったときでした。ジーン・リースという、デュ・モーリアと共に研究されることがよくある英領ドミニカ国出身の作家の「わたしは昔ここに住んでいた」(I Used to Live Here Once) という掌編です。

このゴシック風作品も『レベッカ』と同じように、かつて自分の暮らした場所へ舞い戻る記述から始まります。「伐採された木はそのまま放置され、灌木の茂みは踏み荒らされていた」と。同じ道ながら変わってしまった故郷の道を「彼女」は歩いていくのです。その記述は「ゆうべ、またもマンダレイに行く夢を見た」と始まり、変わり果てた車道をたどっていく『レベッカ』のそれとどこか重なります。

じつはリースの主人公にも名前がありません。彼女はなつかしいかつてのわが家に近づいたとき、ある衝撃の事実を悟ります。自分がすでに死んでいるということを。

ひょっとして、『レベッカ』の主人公もこの彼女と同じ状況にあるのではないか？　そんな思いが私の頭をよぎります。それは、作中のある人物の言葉に裏づけされているかもしれません。「本当のデ・ウィンター夫人はあなたではなく、あのかた〔鴻巣注：レベッカ〕なのです。あなたのほうが影か幽霊なんですよ」

本作を読み終えて本を閉じると、ふいに語り手の存在にぞっとします。「そういうあなたこそ、誰だったの？」と。デュ・モーリアはゴシックロマンスの古い道具立てを用いながら、語りの主体のあやふやさ、不透明さ、揺らぎという現代的な主題を書こうとしたのではないでしょうか。

ちなみに、デュ・モーリアの作品からはあのヒッチコック監督の名画『鳥』も生まれ、『レベッカ』も映画化されました。ただし、この映画版は主人公に名前があり、当然ながら〝顔〟が見えてしまっています。この傑作映画もその点では原作の核心をつかむことは難しかったと言えそうです。いずれにせよ、デュ・モーリアはモダン・サスペンスの生みの親と言えるでしょう。

第三章

奇妙な夢と苦い挫折

「アッシャー家の崩壊」エドガー・アラン・ポー
The Fall of the House of Usher *Edgar Allan Poe*

効率の悪い文章の恐怖

エドガー・アラン・ポー（一八〇九―一八四九）
米国ボストン生まれ。幼くして旅役者の両親と死別。貧窮のなか雑誌編集の仕事に携わりながら、詩や短編小説を多数執筆。推理小説、ホラー、SF、冒険小説などの元祖とされる。文学、音楽、美術など様々なジャンルで後世に影響を与えた。

ポーは日本でことのほか人気の高い作家で、明治初期からこんなに途切れずに、これだけの種類の編訳集が出ている作家は他にあまり思い当たりません。一八〇九年ボストンに生まれたポーは、一八四九年メリーランド州ボルチモアの路上で、若くして怪死を遂げるまでに一作の長編と中編と数多くの短編、詩、エッセイを残しました。

さて、ポーがあらゆる小説ジャンルの〝元祖〟であることはご存じでしょうか？「モルグ街の殺人」や「黄金虫」によって推理小説を世に誕生させたのはいうまでもなく、異常心理を描く「黒猫」や、パンデミックを背景にした「赤き死の仮面」などのホラー、気球で月世界へ行く「ハンス・プファアルの無類の冒険」やサイボーグをテーマにした「使いきった男」のようなSF、海や空の旅を描く「アーサー・ゴードン・ピムの冒険」のような冒険小説など、すべての現代小説の原点にポーがいると言いたくなるぐらいです。

また、忘れてはならないのが「ゴシックロマンス」というジャンルです。こればかりはポーが元祖ではなく、昔からの潮流を受け継ぎ、深化させたというべきでしょう。

ゴシックロマンスはもともと中世のゴシック様式風の屋敷、城、寺院などを舞台にしたもので、メアリー・シェリーの『フランケンシュタイン』などが有名です。超自然現象がよく起きますが、時代を下るうちにこういう作風はだんだんなりを潜めていき、恐怖や怪異の出どころは人間の心の中へと移っていきます。言い換えれば、化生(けしょう)が人の心を住処(すみか)としたときに現代文学が始まったと言えます。

ポーの真骨頂

ゴシックロマンスはポーが最も本領を発揮したジャンルの一つです。本節ではその代表作「アッシャー家の崩壊」(一八三九)を読みましょう。古典的な怪奇ものとモダンな心理ホラーの要素を兼ね合わせた名作です。

物語は、語り手が学友のロデリック・アッシャーを馬で訪ねていくシーンに始まります。古い館に住む学友はすっかりやつれ、最愛の妹マデリンが奇病で死にかけていると言います。語り手はロデリックを元気づけようと話し相手になり、ロデリックのギターの弾き語りを聴いたりします。

妹がとうとう亡くなると、ロデリックは彼女の遺体を一時的に、屋敷の地下墓所に安置することにしますが、数日後、半狂乱で語り手の部屋に飛び込んできて、なにかが見えると言い張る。語り手は彼を落ち着かせるために、伝奇小説を読み聞かせますが、窓からは暴風が猛々しく吹きこみ、嵐の荒れ狂うこの凄絶で美しい夜、伝奇小説と同じことが現実にも次々と起きはじめます。不吉な音がし、光が射し、突然、一陣の風が吹き入って部屋の扉が開き、そこに墓から甦（よみがえ）った血まみれのマデリンの姿が！　彼女はまだ息があるまま葬られていたのです。語り手は館から逃げだしますが……。

出口のない閉塞感

「アッシャー家の崩壊」はあらすじだけ読むと、古めかしい怪談のようですね。でも、実際に読むとかなり怖いんですよ。ポーの文章は緻密な〝心理戦〟なんです。そこが現代的なところですね。怖さの秘密の一つは「アラベスク文体」にあります。アラベスク文様とは、くねくねと這い伸び、絡まりあう模様のことで、それに文体をたとえています。引用してみましょう。

先々のことを思うと、恐ろしいよ。病や衰弱そのものより、それによる影響のほうが怖い。どんな些細なことだろうと、考えるだけで身の震える思いだ。考えるだけで、この耐えがたい魂のおののきが悪化しかねない。ぼくは命の危険を厭うわけではないんだ。それのおよぼすどうにもならない恐怖が嫌なのだ。こうも神経が参った情けない状態では、早晩、この恐怖という残忍な化け物との戦いに敗れ、理性もろとも息絶える日が来るだろう。

なんとも閉塞感のある文章ですね。同語反復や、同義語の言い換え、堂々めぐり。「死そのものは怖くない」というのに、「そこから生ずる恐怖心が怖くて死にそうだ」と。本末転倒というか、「恐怖が怖い」「危険が危ない」のような思考のどん詰まりで、出口がありません。

恐怖心とその苦しみを表すのに、dread（恐れる）、shudder at（震える）、intolerable agitation（耐えがたいおののき）、abhorrence（厭う）、terror（恐怖）、the grim phantasm（残忍な化け物）、FEAR（恐怖心）と、似たトーンの語を畳みかけています。しかも、原文はFEARで文が終わっているので、振り出しに戻った印象すら与えるのです。

ポーの文章はなぜ怖いのか?

ここでポーの文章の怖さをつくりだしている要因をまとめてみましょう。

●同じことを何度も言い換え、蔦が絡まるように進む。

ポーの文章はある意味、非効率的なのです。そこに怖さが沈殿しているともいえます。この文体をてきぱきとまとめてしまったら怖さは半減するでしょう。

●一文が非常に長い。

読者はブレスなしに、じっと息を殺して読むことになります。ある一文などは、「アッシャー家という名称は、家自体とその住人の両方を指すようになった」と言うだけのために百二十二語を費やしています。

●情報の出し方が巧妙。

関係詞や挿入句などにより、情報が小出しに、後から後から出てくるので、何が起きるのか先の見通しが立たないまま引っ張られるサスペンス感があります。また、物事が起きた順番どおりに書かずに、いきなりショックを与えたりします。本作だと、屋敷の後ろに血のような赤い月が突如現れ、それから壁がガラガラと崩れる場面などがそれに当たります。

モダンホラーの元祖

本作は古典的ゴシックロマンスの手法を用いていると先ほど言いました。夜、嵐、雷、稲妻、墓所から甦る死体……。そういう古典的な要素もありながら、とてもモダンな要素もあるのです。その一つが「おかしみ」です。本作はあまりユーモアがないのですが、なかなか笑いが効いている箇所もあります。

ひとつは、語り手がロデリックの気を紛らそうと、手近にあった『狂える会談』という物語を朗読するところです。これは、作中にも「駄作」だと書かれてあるのですが、二流の怪奇ものなんです。今風にいうと、B級ホラーです。

モダンホラーはコメディと組み合わせるのが常套手段ですね。主人公たちが夜、面白半分に森へ入っていき、くだらない怪談なんかしていると、それと同じ現象が起きだしたりする。最初は「やばい」などと笑っていますが、だんだんとまずいことになります。語り手の朗読シーンは、そういうコントラストとして見ると味わい深いかもしれません。

こうした技法が重なって、全体的に緊張感があり、ときに「ぎゃっ」と戦(おのの)かせる文体ができあがるのですね。やはり、過去の名作と現代をつなぐポーの代表作だと思います。

「黒猫」エドガー・アラン・ポー
The Black Cat　*Edgar Allan Poe*

〝鬼〟はおのれの中にいる

作者プロフィールは一二二ページ参照。

次はポーの別な短編を読みましょう。ミステリ風のゴシック小説、「黒猫」（一八四三）という一編です。「アッシャー家の崩壊」で、ポーはあらゆるジャンルの創始者となったと書きましたが、ミステリ（探偵小説、推理小説、犯罪小説）に至っては、生涯に書いた数作をもって、いまに受け継がれるミステリのトリックの基本形をすべて網羅したともいわれています。豆知識として、簡単に紹介しておきましょう。

トリックの先駆け

最初に書かれたのが「モルグ街の殺人」です。オーギュスト・デュパンという探偵と語り手が登場しますが、これがのちのコナン・ドイルのホームズとワトソンや、アガサ・クリスティーのポワロとヘイスティングスのような相棒ものの原型になったといわれます。「密室」や「猟奇」のトリックでうならせます。この続編となる「マリー・ロジェの謎」では、ある若い女性の失踪と水死の謎をデュパンが解明します。「偽装アリバイ」などのトリックが使われた本格推理の幕開けであり、現場を捜査せずに推理する「安楽椅子探偵」の先駆けにもなりました。

次の「黄金虫」では没落貴族が探偵役になり、歴史に残る「暗号」トリックが初登場。南の島に隠された海賊の宝のありかを突き止めます。スティーヴンソンの『宝島』をインスパイアしたといわれます。

「お前が犯人だ」も衝撃作です。あるお金持ちの紳士が行方不明となり、甥っ子に殺人の嫌疑がかけられますが……。推理小説の最後で、探偵が「犯人はあなただ」と指さすシーンがありますが、あれは本作が元祖なのです。そして、「盗まれた手紙」はデュパンものの三作目。悪人に盗まれたご婦人の手紙のありかを推理します。意識の「死角」をつく意外なトリックにびっくりさせられます。

「あまのじゃく」というモチーフ

さて、日本でポーというと挙がるのが、「モルグ街の殺人」と「黄金虫」に加えて「黒猫」なのです。推理ものではありませんが、犯罪小説といっていいでしょう。

あらすじを紹介します。語り手の「わたし」は幼い頃から気性が穏やかでやさしく、結婚してからもいろいろな動物を飼って、愛情深く暮らしていました。ところが、酒のせいでだんだんと精神を荒廃させ、妻にも動物にも暴力をふるうようになります。

プルートーという美しい黒猫を飼っていましたが、ある晩、酔った「わたし」の手に猫が歯を立てたことに逆上し、ある残虐な行為におよびます（ここは伏せておきましょう）。酔いが覚めれば悔恨の念がわいてきますが、じきにまた深酒にひたり、とうとうある日、「良心の呵責（かしゃく）」に涙を流しながら、プルートーの首をつるして殺してしまうのです！

おかしいですね。良心がそんなに痛むなら、どうして生き物を殺すのでしょう？「黒猫」にはポーらしいモチーフがいくつかありますが、「あまのじゃく」もその一つなのです。「わたし」の独白を少しかいつまんで引用しましょう。

こうした天邪鬼（あまのじゃく）な性（さが）は人の心に潜む原始衝動のひとつ、言いかえれば、いちばん根本にある精神機構、つまりは情動のひとつで、これが人間の性質を決定づけているのだ。(…)人間どもは「してはいけない」とわかっている悪事や愚行ほど、それゆえに頻々と犯してきたではないか。(…)そう、この天邪鬼精神が、わたしを決定的破滅へと導いたのだ。魂が魂を苛み、自分で自分の首をしめるような、悪事のための悪事を犯したいというこの底知れない魂の渇望に、わたしは止むことなく駆り立てられ、ついには罪のない黒猫への暴行におよんだのだった。

みなさんにも思い当たる節がありませんか? やってはいけないと思うほどやってみたくなる心理。「わたし」はこのあまのじゃくに魅入られてしまったのです。猫をあやめたその夜、「わたし」の家は火事のため焼け落ち、夫婦は命拾いしますが、焼け残った壁に猫の巨大な姿が浮かびあがっているのを見るのです。「わたし」はプルートーが甦ってきたのかと震えあがりますが、論理的な思考でなんとか説明をつけようとします。炎の熱で壁が溶けて崩れ、その中につるされた猫の遺骸が塗りこめられてしまったのだろうと。この「浮かびあがる」と「塗りこめられる」が後で繰り返されますので、覚えておいてください。

おのれ自身に滅ぼされる怖さ

家を失った「わたし」は自暴自棄になり、ますます酒に溺れていきました。ある晩、場末の酒場でプルートーによく似た猫を見つけ、連れ帰ることになります。ぞっとすることに、この猫の胸には絞首台を思わせる白い模様がしだいにくっきりと浮かびあがってくるのです。猫は「わたし」にまとわりつき、夜は寝ている体の上に乗ってきて安眠させません。「わたし」は猫に呪われているように感じ、完全な悪人となりはてます。

わたしの内にわずかばかり残っていたひ弱な善心がくじけた。邪心ばかりがわが腹心の友となったのだ——なかんずくどす黒くて邪悪な想念に、わたしは親しんだ。前々からの気むずかしさが高じて、この世の万事と人間そのものを憎むようになった。

「わたし」は精神の荒廃を猫のせいにしていますが、〝鬼〟はどこにいるのでしょう？ある日、また激昂した「わたし」は猫を斧で殺そうとし、それを止めた妻の命を奪ってしまいます。この期に至っては涙する場面もありません。「わたし」はただちに地下蔵の壁の煉瓦（れんが）をはずし、妻の遺体を中に押しこむと、漆喰（しっくい）で塗りこめて隠ぺいします。難を逃れた猫は行方をくらましました。

その数日後、警察がどやどやと捜査に乗りこんできます。きれいになった壁は疑惑を呼ぶことなく、警官たちは帰ろうとしますが、そこでまたあのあまのじゃくが頭をもたげるのです。「わたし」は得意げに壁をたたき、塗り直した漆喰の自慢など始めてしまう。そのとき――

壁の奥から聞こえてきたのは、「地獄に墜ちた者どもの阿鼻叫喚と、人びとを地獄に落とした悪魔の狂喜の声をあわせたような喚声」でした。あのプルートーの生まれ変わりのような猫が、なぜか壁に塗りこめられており、鳴き声をあげることで、人殺しの罪を世に告げていたのです。警官たちが壁を剝いで見ると、そこには……？

この「告げ口」というのもポーのモチーフの一つです。「告げ口心臓」という短編もありますが、結局は自らの罪悪感に告げ口されるかたちになるのです。また、いちど葬ったり封じこめたりした死者が甦ってくるというのも、ポーらしいモチーフです。前節でとりあげた「アッシャー家の崩壊」もそうでしたし、先に触れた「お前が犯人だ」もそのバリエーションといえます。

ポーのミステリやホラーには怪奇現象も出てきますが、人びとは結局、抑えきれないおのれの稟性に滅ぼされるのです。破滅に追いやる〝鬼〟は敵の中ではなく、自分の心の中にいるのですね。だから、ポーの作品は心理小説としてばつぐんに怖く、現代の読者も惹きつけてやまないのでしょう。

時代を越えて読者を魅了する物語の力だと思います。

『ドリアン・グレイの肖像』オスカー・ワイルド

The Picture of Dorian Gray　*Oscar Wilde*

道徳とは？　美とは？

オスカー・ワイルド（一八五四－一九〇〇）
アイルランド・ダブリン生まれの作家、詩人、劇作家。芸術至上主義を唱えて活動し、『ウィンダミア卿夫人の扇』『サロメ』などの作品で時代の寵児となる。同性愛の罪で投獄されたこともあり、不遇な晩年を送る。

アイルランドの作家であり詩人であり劇作家のオスカー・ワイルドの代表作『ドリアン・グレイの肖像』（一八九一）をとりあげます。鋭い批評眼とウィット、豊かな審美性をもつ作家です。

パリのホテルで客死した際の興味深いエピソードが残っています。髄膜炎をわずらい末期の床にある彼がどうしても許せないのは、客室の壁紙が「悪趣味」だということでした。「これはわたしと壁紙との生死をかけた決闘だ。どちらかが逝かねばならぬ」という言葉を遺しています。彼にとって美しいか否かは、命に関わることだったのですね。

『ドリアン・グレイの肖像』にはワイルドが自身の芸術観を唱えた有名な序文がついていて、読み解きの助けになりますので、まずはそこから覗いてみましょう。少し引用します。

「道徳的な本とか不道徳的な本とか、そんなものは存在しない。本というのはうまく書かれているか、へたに書かれているか。それだけだ」

大学生で初めてこの小説を読んだ私は序文にもたくさん傍線を引いたものです。道徳性によって本の優劣が決まるのではないと述べていますね。ワイルドが創作活動をした十九世紀のイギリスでは、彼の信条や行動には不道徳とみなされる面がありました。結婚して子どもをもうけましたが、同性を愛する人でもあったのです。

イギリスでは一八八五年の刑法改正で男性同士の性愛関係が違法とされていたため、投獄されたこともありました。獄中で書いた手紙は『獄中記』として刊行され、『ドリアン・グレイの肖像』とともに現在の同性愛文学にも大きなインパクトを与えています。

芸術作品は観る者を映しだす

物語は画家のベイジル・ホールウォードのアトリエで幕を開けます。彼は二十歳すぎの美青年ドリアン・グレイをモデルに肖像画をひそかに描いていますが、展覧会に出品する気はないと言います。その理由は、「この絵の中に自分自身の魂の秘密を明かしてしまっている」からだと。婉曲な言い方ですが、彼に恋してしまったということでしょう。

当時は出版物の検閲が厳しかったので、直接的な書き方はできません。ベイジルがドリアンに対してworship（崇拝する）という動詞を使っただけで、ある版からその語が削除されたと言います。しかしワイルドに言わせれば、作品じたいに道徳性・不道徳性があるのではなく、あくまで読者の解釈によって決まるということになります。「芸術が真に映しだすのは人生ではなく、それを観る者の姿なのだ」とも序文で言っています。書かれたものを「読む」という行為は、あなたの人となりを照らしだすことなのです。

さて、ベイジルから秘密の肖像画の話を打ち明けられたヘンリー・ウォットン卿は、その美青年にいたく興味をもち、まもなく現れた彼をたくみな哲学論議で虜にしてしまいます。ベイジルが描きあげた肖像画は彼の最高作となりますが、ドリアンはそこに描かれた若さと美が加齢とともに失われていくことを恐れ、その絵をわがものにしようとします。自分が絵の中に入りこんで年齢を重ね、絵の外にいる分身の自分は若さと美貌を保つことを願うのです。究極のアンチエイジング術ですね。老いへの恐れと醜形恐怖のようなものがドリアンの心にとり憑いているようです。

身代わりのモチーフを取り入れた本作はE・A・ポーの「ウィリアム・ウィルソン」に影響を受けたとも言われていますが、分身小説としても傑作と言えるでしょう。

享楽に耽り罪を重ねるドリアン

阿片を手放さない快楽主義者ヘンリー卿の手ほどきで、ドリアンはさまざまな愉しみを覚えていきます。ロンドンの場末でシェイクスピア劇を観賞し、シビル・ヴェインという若い女優に恋をしますが、シビルも弟の反対を押し切って彼に夢中になると、残酷なことが起きます。現実世界で恋をしたことで、シビルの演技から生気が失せてしまうのです。

彼女はドリアンに言います。"...you freed my soul from prison. You taught me what reality really is."（あなたがわたしの魂を監獄から解き放ってくれた。現実とは実際どんなものなのか教えてくれた）。soul という語はワイルドの作のなかで美と直結した重要な語です。しかしシビルの言う soul という言葉はドリアンの心に響かず、「僕の愛をきみは殺してしまったよ」と言い放ちます。

女優としてのシビルを愛していた彼は離れていき、その後、彼女は自死を遂げてしまう。ここからドリアンの真の転落が始まりました。自らの肖像画を屋根裏に隠して鍵をかけ、自分は外国で遊んだりしながら享楽的な暮らしをつづけるのです。第十章以降に出てくる「黄色い本」に注目してください。ドリアンは作中のパリの青年とその退廃的な人生に耽溺するあまり、この本を九冊も買う。書物に影響されて、悔悟の気持ちもなくしてしまうのです。本のタイトルは出てきませんが、ワイルドが尊敬していたフランス作家ユイスマンスの『さかしま』という小説ではないかと思われます。

さて、この黄色い本はなにかの象徴でしょうか?

序文には、こうも書かれています。「あらゆる芸術は表層であると同時に象徴である。表面下にもぐる者は危険を覚悟せよ。象徴を読みとる者も危険を覚悟のうえですべし」と。文章の字面や象徴の記号の下にある深層を探求することの危うさを説いています。へたな深読みは誤読や勘違いを誘発することがあるという忠告かもしれません。あるいは、きれいに並んだ言葉の意味を掘りさげていくと、その下から剝きだしの醜い真実を突きつけられるぞ、ということかもしれません。

言葉を深追いすることの恐ろしさを、言葉の魔術師ワイルドは読者に警告すると同時に、その真実と向きあう勇気を読み手に鼓舞しているように思えます。

あらゆる芸術は役に立たない

ドリアンはその後、ある重罪を犯したのち阿片窟に入りびたります。そこでシビルの弟に襲撃されますが、いつまでも年をとらない外見のおかげで命拾いし、逆に弟が狩猟事故で死んでしまう。ドリアンは何度も運に助けられながらも、最後には老いさらばえた自分の肖像画と対峙することになります。最後に序文の末尾からもう一つ引用します。

「有益なものを作る者がいても、それを賛美しないかぎり許そうではないか。無益なものを作ったとしても、それを一途に賛美するなら唯一の弁明としよう。あらゆる芸術は役に立たないものだ」

第四章でご紹介する「幸福な王子」にも「役に立つ、立たない」という議論がありま す。街の人びとを救うためにうわべの宝石や金箔を失った王子は「美しくもないものは、なんの役にも立たない」と捨てられてしまうのです。しかしuselessness（無用）こそ、ワイルドにとって最も美しいものだったのではないでしょうか。

『老人と海』アーネスト・ヘミングウェイ
The Old Man and the Sea *Ernest Hemingway*

老漁師と若い漁師の友愛

アーネスト・ヘミングウェイ（一八九九－一九六一）
米国シカゴ近郊生まれ。第一次世界大戦に従軍し負傷。『日はまた昇る』『武器よさらば』など。一九五三年にピュリツァー賞を、五四年に『老人と海』の卓越した文体をもってノーベル文学賞を受賞。精神状態の悪化により、猟銃自殺でこの世を去る。

アーネスト・ヘミングウェイの名作、『老人と海』（一九五二）のストーリーはとてもシンプルです。主人公は年季の入った独り身の老漁師サンティアゴ。小さな舟でメキシコ湾漁をしていますが、最近さっぱり当たらず、不漁が四十日もつづくと、助手的な立場で乗船していたマノリンは親にこう命じられます。あのじいさんは「サラオ」（最悪の不漁）になってしまったから、豊漁の船へ移れと。

本作は、荒海でマグロやサメと闘う老漁師の姿に焦点が当たることが多いですが、今回は主に老いたサンティアゴと彼に寄り添う若いマノリンの友愛関係をクローズアップしたいと思います。

サンティアゴは最近食にも困っているようすです。マノリンは食べ物やビールやコーヒーを差し入れたり、話し相手になったりして老人に寄り添います。サンティアゴのことが大好きなのです。

「氷山」のように、隠す文章

物語の解説に入る前に、ヘミングウェイの文章について少しお話ししておきましょう。

この作家の文章は非常に簡潔です。無駄がないだけでなく、書かれていない部分にも多くのことが「書かれて」います。彼の「氷山理論」というものが有名です。氷山というのは水面上に見えているのは全体の八分の一であり、小説もそうあるべきだと唱えました。『老人と海』のインタビューでこんなふうに答えています。


私はいつも氷山の理論に基づいて書いてきた。表面に現れているすべての部分に代わって八分の七は水面下に沈んでいる。自分が知っていることなら何でも省いてよい。そうすることで氷山を一層、強固にする。それが表面に現れない部分なのだ。もし知らないからといって、何かを書かなかったりすると、物語に穴が空いてしまう。

（…）これまでにもマカジキのつがいを見てきたし、よく知っている。だからそれは省略した。（…）漁村で見たり聞いたりした話はすべて省いた。しかし、その知識が水面下にある氷山を作り上げるのだ。*

興味深いですね。ふつうなら自分がよく知ることはくわしく書き、よく知らないことはさらっと流しそうですが、その逆にすべしと言っています。精通していることはその見識が言葉のはしばしに滲(にじ)みでて、世界観の一角を支えるのでしょう。知らないことから逃げると、そこがやけにスカスカなのがばれてしまうということです。

マノリンは十歳か？　二十二歳か？

ヘミングウェイの英語は構文もシンプル、単語もやさしめです。けれど、私はヘミングウェイの翻訳というのは、ある意味、最高度に難しいと思います。

彼が一九五四年に受けたノーベル文学賞の授賞理由には、「最近作『老人と海』に見られる卓越した語りの技術と、同時代作家の文体に与えた影響に対して」とあります。それぐらいこの小説の文体と語りは文学界に大きな影響を与えたのですね。それを翻訳で再現するのは至難の業です。

しばしば翻訳では、「ここのheは誰を指しているのか?」など、小学生でも知っている単語に手こずったりしますが、『老人と海』ではある箇所のheをめぐって、研究者や翻訳者の解釈が真っ二つに割れています。どちらの見方をするかで、マノリンの人物像が一変してしまうのです。原文ではthe boyと記されているマノリンですが、「十歳」説と「二十二歳」説があるのです。イメージがだいぶ違ってきますね。

これまで邦訳のほとんどはマノリンを十歳から十代前半の「少年」に想定してきました。映画版でも子役が演じていますが、じつはこの年齢設定にヘミングウェイ自身は異を唱えたという説もあるそうです。

ヘミングウェイ研究者の今村楯夫さんが二〇二二年に刊行した新訳(『新訳 老人と海』左右社)では、マノリン=二十二歳説をとり、the boyを成人した若者として訳出しています。成人男性だと判断した理由は、訳者解説でていねいに説かれているので、ぜひ読んでみてください。

私が原文を読んで気になった箇所をいくつか挙げます。たとえば、マノリンが「ビールを一杯、〈テラス〉でおごらせてよ。食べ物は持ち帰りにしてさ」と老人に持ちかける場面があります。それに対してサンティアゴは、"Why not?" "Between fishermen." と言うのです。

betweenは「AとBの間で」という意味がありますが、協力関係を表すこともあります。We'll keep this matter between the two of us! と言ったら、「ここだけの話だよ！（わたしたち二人の間にとどめよう）」ということ。『風と共に去りぬ』にも、"between the word of honor of a Scallawag and a dozen fancy ladies," というレット・バトラーのセリフが出てきます。「裏切者の自分と大勢の娼婦が口裏を合わせて（between）誓えば」ということです。

さて、それを踏まえてみると、「おごらせて」と言うマノリンに、Between fishermen. というのは粋な返しですね。「（いいとも）漁師同士じゃないか」ということです。

マノリンが十歳だとしたら？　師匠にビールをおごるお金があるかは措くとしても、サンティアゴから一人前の漁師として扱われている点がやや気になります。もちろん、十歳の見習いでも「漁師仲間」として接するという優しいユーモアかもしれませんが。

もう一つ目に留まったのは、"If you were my boy, I'd take you out and gamble," という仮定法過去を使ったくだりです。このboyはsonとほぼ同義です。仮定法過去は「現在の事実に反すること」を条件節で述べるときに使うものでしたね。目下、背水の陣の老漁師は「もし自分のせがれなら、漁に連れだして勝負に出るんだがな」と言っています。このあたりからも、マノリンを自分の右腕となる存在として認めているのがうかがえますから、やはりある程度の年齢ではないかという気がします。

老漁師とマノリンの友愛関係

マノリンは朝、老漁師を漁に送りだすのですが、サンティアゴのほうが起こしにいってやるのです。老人は the boy の部屋に入ると、沈みかけた月の明かりに照らされた彼の寝姿を見つめ、「若者の脚にそっと手を添え、目を覚ますまでそのままでいた*」と。大人の男性同士の愛情関係すら感じられないでしょうか。サンティアゴは若いライオンたちがじゃれあう夢をよく見るのですが、これはマノリンが姿を変えたもののようです。

そうして独りで漁に出た老人はしきりと「あの若者がいてくれたら」とつぶやく。もう後継の者に自らの天職を託したいと思っているのでしょうか。若い漁師に継承される生と、消えゆく生の交替がじきに起きる。浜に帰り着いた老人の衰弱ぶりからマノリンはそれを察して、人知れずずっと泣いています。

終盤、浜に座りこむ老漁師のずっと先を猫が横切り、無知な旅行者たちの会話が挟まれます。今ここで起きていることの重みを知らない者たちの目に映じられることで、物語の甘たるい感傷が洗われていくようです。まさに名作と言えるでしょう。

*印のある訳文は『新訳 老人と海』（今村楯夫訳、左右社）より引用。

「雨のなかの猫」アーネスト・ヘミングウェイ

Cat in the Rain *Ernest Hemingway*

人と人の心の亀裂

作者プロフィールは一三〇ページ参照。

「雨のなかの猫」（一九二五）は多くの暗示や謎に満ちた名作で、まさに「行間を読む」一編と言えます。また、この小説の特徴の一つはバイリンガルであること。英文中の随所にイタリア語が入ってきますが、実際にイタリア語で書かれた部分もあるし、英語で書いたうえで、「～とイタリア語で言った」と添えてある箇所もあります。

舞台はイタリアの街のホテル。リヴィエラにある小さなホテルがモデルのようです。宿泊客のなかでアメリカ人は一組の夫婦だけで、やや倦怠期のような雰囲気があり、ヘミングウェイ自身は否定していますが、彼と最初の妻ハドリーの姿が投影されているのではと言われています。

ふたりの部屋は海を見はるかす二階にあり、外は雨。窓辺に立つ妻はホテルの庭に一匹の猫を見つけます。雨に濡れまいとテーブルの下で縮こまる子猫をかわいそうに思い、「あの猫を連れてくるわ」と階下に降りていく。

夫婦の部屋はthe second floorと書かれていますが、イタリアはイギリスと同様、地上階（グラウンドフロア）があってその上が「一階」になります。作者はアメリカ人ですが、イタリア式で書いたとすると、実質「三階」ということになりますね。この高さはちょっと心に留めておきたいと思います。

妻が通りかかると、フロントの奥にいたオーナーが立ちあがって、おじぎをしてくれます。‘Il piove,’（雨ね）とアメリカ人の妻がイタリア語で言い、彼もイタリア語で答える。妻も簡単なイタリア語会話はできるようです。

意図的に描かれた異様な文体

彼女はこの男性オーナーが人となりもルックスも好きなのです。原文では、The wife liked him. に始まり、She liked the deadly serious way he received any complaints. She liked his dignity. She liked the way he wanted to serve her. She liked the way he felt about being a hotel-keeper. She liked his old, heavy face and big hands. と、likedが連続六回も出てきます！明らかにヘミングウェイは意図的に反復させていますね。

では、likeの重複はなにを意味しているか。妻の好意の強調だけでなく、この女性の幼さとどこかしら寄る辺なさを表現してもいるでしょう。彼女には名前がなく、American wifeと書かれることが多いですが、イタリア人のオーナーとメイドの前では、the American girlと表されているのです。ヨーロッパの旧大陸の大人たちから見ると、言動が子どもっぽく、わけのわからない要求をするthe American girl（アメリカ娘）と感じられるかもしれません。

さらに、次の段落冒頭のLiking him she opened the door and looked out. にもlike攻勢がつづきます。ここは「彼を好ましく思いながらドアを開けた」と訳しても良いと思いますが、それだと少し理性的すぎる気もします。段落をまたいでlikeを七回も繰り返すアメリカ娘の幼気な気持ちを訳出するならば、「彼の威厳が好き、彼の渋い顔が好き」「ああもうほんと好きだーと思いながらドアを開けて外を見た」という感じですから、「彼が好きだ好きだと思いながら」ぐらいでもいいでしょう。同じ語の異様とも言える重複によって、この女性の情緒の不安定さと孤独を感じさせる文体となっています。

外に出ると雨脚が強まっており、後ろからルームメイドが傘を差しかけてきます。きっとオーナーが寄越したのでしょう。しかし猫は見当たらず、妻はがっかりします。メイドが'Ha perduto qualque cosa, Signora?'（なにか失くされたのですか、奥さま？）とイタリア語で聞くと、妻は「猫がいたの」と。ここから先、ふたりの会話はかみ合わず、早々に屋内に引きあげることに。

妻が部屋に戻ると、夫はベッドに寝ころんで本を読んでいる。妻がなにを話しかけても、短く答えて、すぐに読書をつづけます。むしゃくしゃした妻は、猫がほしい、髪を長く伸ばしたい、自分の食器で食事がしたい、いまが春ならいいのになどと、脈絡のないことを言いつのり、夫はとうとう「黙って本でも読んでろよ」と言って、会話は途切れる。そこへ、ノックの音がします。開けてみると、さっきのメイドが大きなサビ猫を抱えて立っていました。「オーナーがこれを奥さまにと」

テーマには「意思の不通」が挙げられるでしょう。英語とイタリア語で微妙に通じないやりとり。ヨーロッパという旧大陸とアメリカという当時の新大陸での文化や価値観の相違。しかしそれ以上に、アメリカ人夫婦の英語での会話なのに気持ちがさっぱり通じていないことに、読者は痛切な〝壁〟を感じるのではないでしょうか？

進行形が表す、意思の不通

ふたりのすれ違いぶりをヘミングウェイは「夫は妻をうるさく思っていた」「妻は夫の

無関心にいらだっていた」などと一々書きません。では、なにをもって表すかといえば、進行形です。たとえば、ふたりのやりとりがあった後、妻が「あのかわいそうな子猫がほしかったの。雨でずぶ濡れのかわいそうな猫、そんなのってちっとも楽しくないじゃない」と言うと、段落を変えてこうそっけなく書かれています。

George was reading again.

「ジョージは妻を無視してまた本を読みだした」とは書かれていません。妻がしゃべり終わったときには、すでに「本を読んでいた」のです。動作ではなく状態を伝えることで、夫の無関心さ、冷淡さを感じさせています。ですから、ここは「ジョージは再び本を手にとった」などと訳さないほうがいいですね。

そして、夫が「おい、静かにしろよ。なにか読むものでもないのか」と言った後には、また段落を変えてこう書かれています。

His wife was looking out of the window. 妻のほうも夫と向きあわず、すでに窓の外を見ています。外はもう暗くなっていました。

夫婦の埋まらない溝が、こうして進行形を効果的に使って描かれていきます。まさにヘミングウェイの唱えた「氷山理論」の好例ですね。氷山の八分の七は水面下にあるのです。

そして最大の謎は、猫は何匹いるのか？ということです。メイドが連れてきたのは、あの雨のなかの子猫でしょうか？　抱きかかえられた猫は大きくて、だらーんと体を伸ばしています。

部屋から見たときは小さく見えたけれど、じつは大きな猫だったのでしょうか？　ここで夫婦の部屋の位置を思いだしましょう。二階と三階では、見える景色がだいぶ違うかもしれませんね。

あるいは、妻がkitty（子猫）をほしがっていることがイタリア人たちには通じず、「猫がほしいらしいから、てきとうに連れていってあげなさい」と、オーナーが指示したのかもしれません。ここにも「意思の不通」があります。

オーナーのホテルマンとしての心づかいには、小さな親切と無神経さが同居しているとも言えます。あるいは、妻の本当にほしいものは他にあるのかもしれません。

人と人の間に入るさまざまな亀裂を最小限のシーンと言葉数で描いた名作中の名作短編と言えるでしょう！

エッセイ 『嵐が丘』との出会い

「大きくなったらなにになりたい?」という質問に対して、「夢の職業」を答えられない子だった。とくに夢中になるものもなく、習い事はなにひとつ長続きしなかった。でも、本を読んでいると大人は構いつけてこないので、本を盾のようにして目の前に立てていた。母が邦楽家で和風の家だったことに反発したのだろう、海外文学ばかり読んでいた。長じて新訳することになるエミリー・ブロンテの『嵐が丘』に出会ったのも、外国文学のなかだ。ジーン・ウェブスター『あしながおじさん』の主人公が大のお気に入りだというので、学校の図書館で借りてきた。これがのちに私の人生を変えることになった。

もう一つの〝転機〟は語学との偶然の出会いだ。小学校四年生のとき、近所の友だちから、英語教室に行かされることになったので一緒に来てと頼まれ、暇だから付いていった。その女の先生は、子どもっぽいゲームなどさせず、すぐに英文を読ませた。そこで出会ったのが、チャールズ・M・シュルツ作、谷川俊太郎訳の『ピーナツ・ブックス』(ツル・コミック、絶版)だ。Good grief... という嘆息のフレーズを、谷川氏は「やれやれ」と訳していた。だから、今でも私にとって「やれやれ」といえば、村上春樹ではなくチャーリー・ブラウンなのである。私はこのシリーズで英語と翻訳術を〝独学〟した。これがなければ、翻訳家にはなっていなかっただろう。

中学校では、小説や詩を書く地味そうな部活に入った。相変わらず海外文学ばかり読んでいたが、十五歳の夏に出会った「初めての日本文学」が、安部公房だった。

部活顧問に課題図書として読まされたのだが、とくに衝撃的だったのは『箱男』だ。それまでの私の文学観が西洋の正統的な文学に準拠する読書の愉しみであったとするなら、『箱男』がもたらしたのは「文学の毒」ともいうべきものだった。箱を被って暮らす匿名の男という主人公の設定に瞠目し、人間という存在の不可解さを突きつけられるような気がした。小説にはこんなことができるのかと衝撃を受けた。十五歳という多感な時期に『箱男』を初読していなければ、おそらく物書きになっていなかった。

いよいよ私が翻訳家を目指すようになるのが、十九歳の冬。やりたいことがさっぱり定まらない思春期を過ごしたが、あるときある写真週刊誌の折り込みに翻訳学校の広告を見つけた。「翻訳家というのは学校に行ったらなれるのか!?」という驚きと、「だったら、なろう」というなんの根拠もない決意が湧いてくるのと同時だった。あんな無茶な決心をしたのは、後にも先にも一度きりだ。おそらく、「海外文学を読むのが好き、英語がまあまあ得意、書くのも苦ではない」という、私の中のなけなしの三つの資質が初めて一つになったのだろう。

若さの無知と蛮勇とは恐ろしいもので、翻訳学校には行かず、自己流で勉強を始めた。とにかく原書を読み漁っているうちに行き会ったのがジェイムズ・ジョイスというモダニズム文学の巨人だ。最初に読んだのは、半自伝的小説『若い藝術家の肖像』。講談社文庫の丸谷才一訳を横に置き、必死で辞書を引きながら一か月ぐらいで読んだ。原文より辞書を読んでいるほうが多いぐらいだった。

主人公の少年が作家になる決心をするまでを、文体を変遷させつつ書いた小説だ。翻訳家になろうとする自分の姿と多少重なるところもあったと思う。この一冊を通してジョイスの専門家であった柳瀬尚紀先生に師事することになり、私は翻訳家への道のスタート地点によようやく立つことができた。初めての翻訳書を出すのは、二十三歳の夏。無謀な決意をしてから、四年半後のことだ。

その後、三十代の後半で私の人生を急角度で変えていくのが、『嵐が丘』なのだ。外国の古典文学というのがまだ「神聖視」されていた時代で、そういう文芸大作は、男性の、大学教授が翻訳するものと決まっていた。私のような職業翻訳家が古典新訳を手がけた例はほとんどなく、『嵐が丘』の歴代訳者にも女性は一人もいなかった（と思う）。

けっこう風当りは強かった。ところが、この新訳が出たとたんに、意外なことが起こった。なぜか書評や評論の仕事が殺到するようになったのだ。だから、『嵐が丘』に出会っていなければ、いま文芸評論家と名乗ることもなかったろう。八歳の日に『あしながおじさん』で出会った本はここに繋がっていたのだ。

第四章

大人のための童話

『ハックルベリー・フィンの冒険』マーク・トウェイン

The Adventures of Huckleberry Finn　*Mark Twain*

現代アメリカ文学の原点

マーク・トウェイン（一八三五―一九一〇）
米国ミズーリ州生まれ。代表作に『トム・ソーヤーの冒険』『王子と乞食』ほか。ユーモアと文明批判を織り交ぜた作風で、後世に大きな影響を与えた。

「あらゆる現代アメリカ文学は『ハックルベリー・フィン』に始まる」というヘミングウェイの有名な言葉があります。ウィリアム・フォークナーも「トウェインは最初のアメリカ文学作家であり、我々はみな彼の相続人なのだ」と言っています。この小説のなにが、こうした文豪たちをしてそう言わせるのでしょうか？

一つには、この作品が扱っているテーマの重要性があると思います。『ハックルベリー・フィンの冒険』（一八八四。以下『ハック』）は大自然を背景に、若者や弱者・マイノリティへの抑圧、人種差別、教会権力、ヨーロッパ的な貴族観、それらへの抵抗、闘争、逃亡、放浪、解放、共生といった、多民族多文化国家アメリカがその後繰り返し文学に描くことになる主題がたくさんつまっているのですね。

また、これは若者のイニシエーション（大人になるための儀式的体験）と成長の物語であり、主人公ハックや友人のトム・ソーヤーたちの冒険がお上品な伝統文化のくびきを離れたピカレスクロマン（悪漢小説）でもあります。文体の面でも革新的でした。人びとのしゃべり口調を活かした会話体や、生活の細部を映しだしたリアルな描写。トウェインの口語体はそれまでのアメリカの文学にはないものでした。

もう一つは、これが父と息子の主題を扱った小説であること。これは、息子は父を乗り越えて初めて大人になるという考えで、西洋の文学には古くから書き継がれてきたテーマですね。私はこれを大まかに四つのタイプに分けて考えています。

①父を殺すオイディプス（ギリシア神話。エディプスコンプレックスの語源）
②父を捜すテレマコス（ギリシア神話。オデュッセウスの息子）
③父にとり憑かれるハムレット（シェイクスピア作。叔父に父を殺された王子）
④父から逃げるハックルベリー

『ハック』は私にとって海外文学を読むときの起点にもなっているのです。

父性社会からの解放を求めて

さて、本作の語り手ハックはなぜ父から逃げることになったのか。ミズーリ州に暮らす彼はもともとホームレスも同然でしたが、いまの自分とトムはお金持ちだと明かします。マーク・トウェインっていうおじさんの『トム・ソーヤーの冒険』って本に書かれているけど、おれたち、盗賊が大金を隠していた場所を発見したんだぜ——と、登場人物が自分の書かれているお話のことに言及するのも、どこかポストモダン風ですね（作中人物は自分がお話のなかにいるのを知らないはずですから）。

この大金はさしあたりサッチャー判事が預かり、人に貸して利子を一人に渡してくれています。一日一ドル。でも、ハックはダグラス夫人という寡婦の家に引き取られており、この人が堅物なのです。同居の妹ミス・ワトソンも信心家ぶった女性で、ハックは自分を「文明化」させようとする暮らしに反抗しています。

こうした生活のなかに現れるのが、消息不明だったハックの飲んだくれの父親です。ハックは父に小屋に閉じこめられて始終殴られ、とうとう逃亡を企てます。自分が殺されて川に捨てられたと見せかけたのです。これが本作において一回目の反抗と脱出になります。身の危険を避け、自由を求めるために。反抗と脱出は作中で何度も繰り返されますが、その理由は移り変わっていきます。

ハックは自分の死を偽装したことで、死を疑似体験して生まれ変わったという読み方もできるでしょう。彼はカヌーでジャクソン島に向かい、そこでミス・ワトソンの奴隷ジムに再会します。なんでも、南部へ売られそうになって逃げてきたのだ、と。ミズーリ州も南部寄りですが、ディープサウス（ルイジアナ州やミシシッピ州などの深南部）では黒人が大農園でもっとひどく酷使されるからです。

ジムの英語には独特の特徴が見られます。こんな感じです。"Doan' hurt me—don't! I hain't ever done no harm to a ghos'. I alwuz liked dead people, en done all I could for 'em."（オラをいじめんでくれぇ——お願えだ！ ユーレに悪さした覚えはねえです。死んだ人っての は昔っから好きで、なるたけ大切にしてきただから）と、必死でハックの幽霊（だと思っているもの）を説得する姿はコミカルです。

ハックとジムはジャクソン島に住み着きます。あるとき、家屋が川を流れてきて、なかを探索してみると死体がありました。これは後々の大きな伏線になります。町に出たハックは、奴隷狩りたちが懸賞金目当てでジムを捕まえようとしていることを知り、ふたりは奴隷制のない自由州を目指して島を離れ、ミシシッピ川を下ることになります。ハックにとってこんどの脱出はジムという友人の命を懸けたものです。父性社会からの個人的な解放がもっと大きなテーマに繋がっていく大きな転換点です。

伝統的倫理観と制度への反抗

しかしハックはジムの解放を手助けしたいという気持ちと、ジムを引き渡すべきだという倫理観との間でつねに揺れています。それぐらい、逃亡奴隷を助けることは反社会的だというモラルが当時はあったのですね。

あるときハックとジムは引き裂かれ、ここからハックは貴族的な二家による闘争に巻きこまれたり、ジムとまた合流して、二人の詐欺師に翻弄されたりします。この詐欺師らは「王」と「公爵」と名乗っており、こんなところにもトウェインの貴族制度への風刺が感じられます。

その後、ジムは王と公爵によって農場に売り飛ばされてしまいます。ハックは悩み抜いた末、友人のジムを奴隷に戻すくらいなら地獄に落ちてやると、救出を決意。ここにきて彼の反抗と脱出は教会が押しつける宗教観までをも問うものに変わっています。

さて、ジムが売られたフェルプス農場では、また意外な再会があります。あのいたずら者トム・ソーヤーの再登場です。ハックとトムはジムを連れてミシシッピ川への逃亡に成功するものの、トムが追っ手に撃たれてしまう。ここでジムは自らの自由を犠牲にして彼のそばに付き添うのですが……。

終盤には、トムの口から驚愕（がく）の事実がいくつか知らされます。ジムとの冒険を経てハックは自由の真の意味に気づき、新しい旅へと出発する計画を立てるのでした。

評価が移り変わる『ハック』

作者は本作を通して人種差別や権威による抑圧を痛烈に批判しています。とはいえ、マーク・トウェインという白人男性が描きだした白人と黒人の物語には、のちに批判が寄せられることもありました。アフリカ系アメリカ人として初めてノーベル文学賞を受けた女性作家トニ・モリスンは、アメリカ文学が人種差別や偏見に加担したのだと厳しい指摘をしています。また、二〇二四年の全米図書賞を受賞した黒人作家パーシヴァル・エヴェレットの受賞作 *James* は、『ハック』をジムの視点から語り直したものです。

時代の移り変わりにつれ価値観や倫理観は変化します。私たちがモリスンやエヴェレットの作品も併読することで、『ハック』という名作はより深みを増していくのではないでしょうか。

『クリスマス・キャロル』チャールズ・ディケンズ

A Christmas Carol *Charles Dickens*

とぼけた味わいの教訓小説

チャールズ・ディケンズ(一八一二—一八七〇)

英国ポーツマス郊外生まれ。生家は貧しく、十二歳から働きに出る。新聞記者のかたわら、二十四歳で短編集『ボズのスケッチ集』で作家デビュー。『オリヴァー・ツイスト』『二都物語』ほか、庶民の目線で書かれた名作を多数生んだ。

ディケンズの『クリスマス・キャロル』(一八四三)は『素晴らしき哉、人生!』や『3人のゴースト』などの名画もインスパイアした名作ですが、ここではちょっと意外な側面もご紹介したいと思います。

ごうつくばりの金貸しエベネーザ・スクルージは、人の心をもたず、弱者たちに親切にできません。クリスマスの寄付を募られると、貧しい奴らは監獄か貧民収容所に行けばいいと突っぱね、暖房の石炭もケチるので、事務員のボブ・クラチットは凍えそうなありさま。スクルージにはマーレイという共同経営者にして唯一の友人がいたのですが、七年前のクリスマスイヴに亡くなり、彼はますます依怙地（いこじ）になっています。

子ども時代に読んだかたは多いでしょう。私もそうでしたが、大人になってから初めて読んだ版は小池滋訳（新書館）でした。アーサー・ラッカムの挿絵入りで、なんと、落語調で訳されています。冒頭を引きましょう。

「エー、あい変らずバカバカしいお噂で。（…）イの一番に申し上げておきますが、マーレーは死んでます。こりゃまったく間違いのないことでして。埋葬証明書には牧師さん、書記、葬儀屋、喪主のサインがちゃんとありました。スクルージのサインもあります。（…）だから、マーレー爺さんは間違いなく死んでます。『ドア釘みたいにおっちんでる』って、よく言いますな*」

「エー、あい変らずバカバカしい…」という前口上の部分はもちろん原文にありませんが、マーレイが死んだことを畳みかける口調はなんとも落語っぽいですね。情け知らずの守銭奴のつぐないと救済を描いた真面目な教訓小説ですが、語り口はとぼけていて軽快なのです。そういう面も楽しんでほしい名作です。

スクルージの性格はこのように表現されます。「このスクルージってやつが、たいしたがっちり屋のやり手でしてね！　何でも頂き、絞り取ったら離さねえ、やらずぶったくりの赤西屋けち兵衛ってわけで！　カチンカチンの火打ち石で*（…）」

けち兵衛は落語「片棒」に出てくる大旦那。そんな日本風に訳していいの？と思うかもしれませんが、Scroogeという名前も元は「絞り取る」を意味する方言scruzeに由来するとの説もあるのです。このように自国の文化に合わせて書き換える方法を「同化翻訳」と言います。

シェイクスピア的な伏線

マーレイが死んでいると念を押すのには理由があります。ここは、シェイクスピア『ハムレット』への言及に要注目です。語り手はこう言います。「お芝居の始まる前にハムレットのお父っつぁんが死んでいると承知してないと、東風がごうごうと吹く夜中に、お父っつぁんが自分のお城の壁の上をうろついても、何の不思議もありゃしませんよね*」

ハムレットの殺された父の亡霊とマーレイを重ねているのです。つまり、これからマーレイも霊になって出てきますよ、それだけでなく霊が主人公の人生に大きな変化をもたらしますよ、と知らせているのです。このような手法をforeshadowing（予告的暗示、伏線）と言います。

事実、マーレイの亡霊が現れます。鎖で縛られているのは、生前自分が気づかずにいた過ちをあがなうために地上をさまよっているから。彼はスクルージが死んだらもっとひどい運命が待っていると警告し、明日三人の精霊に出会うと予言します。ここは、三人の魔女が出てくるシェイクスピアの『マクベス』も想起させますね。

一番目に現れたのはロウソクのような「過去のクリスマスの精霊」。スクルージは精霊と共に空を飛びながら、自分の少年時代を眼下に目撃します。彼は父親に愛されず友達ともなじめず、孤独な子でしたが、妹のファンだけはやさしくしてくれました。ところが、彼女は早くに亡くなったようです。

自分がフェジウィッグ商店で年季奉公をしている温かな場面も目にしました。彼は一家のパーティに加わったりして家族づきあいをし、商売の基礎を学んだのです。その頃の彼は志高く、希望に満ちていました。実際、商才がありましたが、金儲けにかまけて婚約者のベルを失ってしまう——そんな衝撃的な場面も見せられました。

ベルは彼にこう言ったのです。Another idol has displaced me；（わたしは別な偶像に座を奪われたのよ）。別な偶像とはお金です。

こうしてスクルージが非情な人間になった背景が明かされていきます。みなが家族や友人たちと過ごすクリスマス時季にことさら彼が意地悪になるのは、過去のつらいこと、幸せなことを同時に思いだし、苦い気持ちになるからでしょう。

無知と貧困を問題視

次に彼が目を覚ますと、毛皮をまとった巨人である二番目の「現在のクリスマスの精霊」が現れ、スクルージは人びとに姿が見えないまま、ボブや甥の家でのパーティに混じります。しかしボブの息子タイニー・ティムは病気で長く生きられないかもしれないと知り、甥の家では「スクルージ伯父さん」すなわち自分がからかわれているのに直面しました。

第二の精霊はマントの下から、「無知」(Ignorance)と「貧困(Want)という名の男女の子どもを引きだします。痩せてしなびた正視に堪えかねるような子たちですが、スクルージとファンを思わせます。この子らを救ってやる場所はないのですか?とスクルージが精霊に訊くと、「監獄ってものがあるだろう」と嫌味を言われました。

この「無知」と「貧困」という子どもたちは、ディケンズが一八四三年に行った講演で着想を得たと言われます。ディケンズは「貧困と無知――とりわけ無知が犯罪の根源であることを力説し、得意の熱弁をふるって学問の必要性と学習による自尊心を身につけることを説いた」のです(チャールズ・ディケンズ『クリスマス・ブックス』小池滋・松村昌家訳、ちくま文庫、松村昌家巻末解説より)。貧困層の無知もさることながら、富裕層の無知をディケンズはいっそう問題視し、強く批判しました。

「エベネーザ」に秘められた意味

さて、三番目は黒いマントをまとった「未来のクリスマスの精霊」です。そこでスクルージが目の当たりにするのは、ある強欲な男の死と、それに対する町の人びとの冷淡な反応でした。その男とは……？

目覚めたスクルージはその未来がまだ到来していないことに気づき、喜びに満たされます。第三の精霊の名は The Ghost of Christmas Yet to Come（未だ来たらぬクリスマスの精霊）。過去は変えられなくても未来は変えられる。ディケンズのメッセージが感じられます。

心も態度も改めたスクルージは慈愛あふれるクリスマス精神の人として知られるようになりました。信じがたい変貌です。でも彼の名を思いだしてください。エベネーザ。ヘブライ語で神の力と守護を象徴する「助けの石」を意味します。彼を「火打ち石」に喩えていたのもある種の foreshadowing なのです。ディケンズはスクルージとエベネーザという対照的な名を組みあわせることで、彼が生まれ変わることを暗示していたのでしょう。

Merry Christmas to everyone!

＊印のある訳文は『クリスマス・キャロル』（小池滋訳、新書館）より引用。

「幸福な王子」オスカー・ワイルド
The Happy Prince *Oscar Wilde*

感動の裏にある人間の危うさ

作者プロフィールは一二四ページ参照。

本節では、『ドリアン・グレイの肖像』でもご紹介したオスカー・ワイルドによる短編の代表作「幸福な王子」を読みましょう。街中に建つ王子の像と、冬の「渡り」に出遅れたツバメの物語です。

そびえ立つ円柱の上に据えられた王子の彫像は、いつも街を見わたしています。全身は純金でおおわれ、両目にはサファイア、剣の柄にはルビーがはめこまれた美しい像です。街のみんなが褒めそやしますが、美しいけれど大して役に立たないと評する議員もいます。この「役に立つ、立たない」という議論は本作でも問いかけの一つとなっているのです。

王子の願いに寄り添うツバメ

さて、ここに一羽のツバメが登場します。川辺の葦(あし)に恋をしているうちに、仲間は暖かいエジプトへと旅立ってしまいました。ツバメは葦も旅に誘いますが、かなうはずもなく（葦は草なのですから！）、エジプトへ向かおうとしたところでたまたま王子の像の足下に止まります。

すると、水滴がぽたんとたれてくる。王子の像が涙を流しているのでした。王子は人びとの貧しい暮らしを目の当たりにし、かつて高い壁に囲まれた贅沢な宮殿で「幸福な王子」として遊び暮らしていた自分を恥じているのです。「改心」というのも本作のテーマの一つです。

遠くの家に、女官が宮中舞踏会で着るというドレスにトケイソウの花を刺繍している母親がいるから、自分の剣の柄からルビーをはずして届けてほしいと王子はツバメに頼みます。母の幼い息子は高熱でうなされていました。ツバメは仲間が待っているし、などと言って断りますが、王子の悲しみと真摯さに打たれて務めを引き受けます。

本作には説明的な文章が少なく、コントラストを巧みに使って語られます。たとえば、ツバメがその母子家庭に飛んでいく途中、宮殿でのダンス音楽と男女の姿が活写されます。お話の本筋とどういう関係かと思えば、「ドレスにトケイソウの刺繍を頼んでいるんます。

だけど、お針子ってすごく怠け者だから」というセリフが挟まれて、作者の企図がわかります。

これは生前の王子の無神経さをリプレイ（再生）して見せているのですね。楽し気な宮中と、貧窮した庶民の生活。恵まれた者は苦境にある者に思いが至らないことを、鋭い対照によって示しています。

ある箇所に、There is no Mystery so great as Misery. という王子の言葉が出てきます。ここでは「困窮」とその苦しみを表す misery は頭を大文字で表記されるのです。Mystery と Misery で語の頭で韻を踏んでいますから（頭韻）、「ひとの困窮ほど困惑させる謎はない」とでも訳しましょうか。ひとは他者の苦しみになかなか気づかない、苦しみの実態や本質はなかなか理解できないものだという意味にも読めますね。

思い返せば、葦に身勝手な恋をしていたツバメも、思いやりに欠けていました。この序段のエピソードも本筋とは無関係そうに見えて、以前と今のツバメの対照性を浮き彫りにする役割があります。こうして王子は街のひとたちに寄り添い、ツバメはその王子の気持ちに寄り添うようになっていきます。

おつかいからもどったツバメが、「なんだかとてもあったかい。外はこんなに寒いのに」と言うと、王子は「それはあなたが善いおこないをしたからだ」と答えます。それ以降、ツバメは今度こそエジプトへ発とうとするたびに王子に引き留められ、両目のサファイアや全身をおおう金箔を一つずつ届けて回ることになります。

季節はすっかり冬になっていました。両目を失った王子のために、ツバメはもうエジプト行きをあきらめ、王子に付き添うことにします。やがてツバメは寒さのなかで息絶え、ツバメが衰弱していたことにやっと気づいた王子の鉛の心臓は二つに割れてしまいます。宝石や金を失った王子の像は「もはや美しくないんだから、なんの役にも立たない」と、打ち捨てられますが、ワイルドは「そんな宝飾の輝きが本当の美だろうか」と問いかけているようです。天使がツバメの骸と王子の心臓をひろいあげて天国に届け、こうしてふたりは神の栄光のもとに生きることになりました。

かなわなかったツバメの望み

「改心」と「寄り添う心」を描いた本作で一つ皮肉なのは、エジプトの地へ赴くことを夢見るツバメの思いが最後まで王子に顧みられなかったことです。遠い地で待っている仲間と王の壮麗なお墓の中で安らかに過ごす未来を生き生きと語るツバメ……。しかし王子はろくに聞いている素振りもなく、毎度おつかいを命じるのです。ツバメが「それで、黄金色のライオンの目は緑柱石みたいな色でね、吠えると大滝の轟音よりでっかい声がするんだ」などと夢中で話しているのに、いきなり「ツバメよ、ツバメ、かわいいツバメ」

「どこどこの家に行くのだ」という具合です。

しかしツバメの異国話はどうせ無視されるのに、毎回こと細かに綴られます。これは、はるかな地と仲間への強い思慕や希求が消えなかったことの表れと解釈できるでしょう。

ツバメの心はいつもその地に飛んでいました。エジプト行きを断念してからも王子に、「ナイル川の岸辺にずらりと並んだ紅色のトキ」や「この世界ぐらい年を重ねたスフィンクス」などの驚くべき異国の風景を彩り豊かに語ります。ところが、王子はにべもなくこう答えます。「でも、なにより驚くべきは巷(ちまた)の男女の苦しみだ」。ソーシャルジャスティスに目覚めた王子には共同体の貧困と不平等しか目に入らないようです。

ツバメが王子の思いやりと自己犠牲の精神に打たれて最期まで寄り添ったというのも、ワイルドが呈したアイロニーなのかもしれません。本作は、改心した王子の罪滅ぼしとツバメの無私の奉仕を描いただけの感動物語ではないでしょう。そこには、他者の痛みを理解し手を差し伸べることの難しさや、自己欺瞞に陥る危うさ、大きな社会正義のもとに個人の望みが踏みにじられる残酷さなども書かれているように思います。

「賢者の贈りもの」オー・ヘンリー

The Gift of the Magi　*O. Henry*

意外と語り手が意地悪な名作短編

オー・ヘンリー（一八六二―一九一〇）
米国ノース・カロライナ州生まれの小説家。横領罪で服役中に獄中で小説を書き始める。短編の名手と言われ、ニューヨークの新聞などに多くの作品を発表した。

短編作家として名高いオー・ヘンリーの誰もが知る代表作「賢者の贈りもの」（一九〇五）を読んでいきましょう。

一八六二年に米国南東部ノース・カロライナ州に生まれたオー・ヘンリーは、銀行の出納係や薬剤師として働いたのち、作家に転身。ニューヨークで、短編を雑誌や新聞に寄稿して名声を高めます。その一方、法的なトラブルも多く、横領罪で服役したこともありました。

作風はユーモアと言葉遊びに満ち、意外なひねりやどんでん返しで読者を驚かせます。

そうした作品の魅力の土台には、やはり人間観察の鋭さがあるのでしょう。

　クリスマス時季にちなんだ「賢者の贈りもの」(The Gift of the Magi) は若い頃に読んだ人も多いと思います。新約聖書で「東方の三賢者 (the Magi)」がそれぞれの贈り物を携えてキリストの誕生を祝いにきた説話にちなんで、Magiという語が使われています。

　本作の発表は第一次大戦より前の一九〇五年。米国経済は十九世紀に大きく成長し、国全体の工業化が進んで、中産階級が発展しました。「賢者の贈り物」に出てくる若いジム&デラ・ヤング夫婦も、そうした中流の暮らしを目指す勤め人家族ですが、最近は不景気でジムの給料が下がったため、生活はだいぶ苦しいようです。

愛しあうふたりのプレゼント

　物語は、デラが小銭を数えている場面から始まります。愛するジムへのクリスマスプレゼントを買うために、恥を忍んで肉屋や食料品店などで値切り、お金を貯めてきました。なのに貯まったのは、一ドル八十七セント。彼女はお金をつくるのに、長い髪をばっさり切って売ってしまいます。そうして夫の金時計にぴったりの鎖を買うのでした。

　一方、ジムもデラへの贈り物のお金を工面していました。なんと、大切な時計を売ってしまったのです。しかも皮肉なことに、そのお金でジムが買ったのは、デラの長く美しい髪に似合う鼈甲の櫛のセットでした。先にジムの贈り物を見たデラは取り乱し、ジムもデラの贈り物を見ると、ソファにひっくり返ります。けれど、ふたりの愛はそうした運命の意地悪を乗り越えるぐらい強いのでした。ジムが「お互いの贈り物はいま使うのはもったいないから、しばらくとっておこうよ」と言うところで、ふたりの会話は終わっています。

心に沁みる寓話です。本作が有名なので、オー・ヘンリーといえばハートウォーミングなお話というイメージですが、原文で読んでみるとなかなか辛辣なタッチがあるのです。若い夫婦へのツッコミ、皮肉、言葉遊びなどが満載されていますので、文章も味わいたいですね。今回は小説の技法にも光を当てたいと思います。

三種類の語り手

本作の語り手の変幻する声に注目してみましょう。その「声」はこのように三層に分かれています。①「読者のみなさん、こちらをご覧ください」などと読み手に直接話しかけてくる声。②ジムとデラのようすを物語る声。③デラの心の中を代弁する声。①から③を行き来しますが、③に近づくほど語り手は登場人物の内面に深く入りこむことになります。

One dollar and eighty-seven cents. That was all. And sixty cents of it was in pennies. と始ま

る冒頭ですが、ここの語り手は③に寄った位置にいます。わかりにくければ、小銭を数えるデラの肩越しに語り手が覗きこんで、彼女の心の声を代弁している図を想像してみてください。デラと語り手の声をオーバーラップさせて響かせてもいいかもしれません。

そこから語り手は②に移ってデラの日々の節約ぶりを語り、And the next day would be Christmas. と言います。文頭の and というのは簡単そうに見えて訳しにくく、ここは九割の人が「そして翌日はクリスマスだった」と訳します。なんだかピンとこないですね。この and は並列というより加算の and です。「(お金が貯まっていない) しかもクリスマスはもう翌日なのに」ということです。

デラは落胆で泣きだします。それを描写する筆致はユーモラスにして、少々意地悪です。「人生というのは、すすり泣いて、すすり上げて、少しばかり笑む、そんなことの繰り返しだと思い至る。まあ、すすり泣きが大半だが」というところでは、sobs, sniffles, and smiles と s で頭韻を踏んでちょっと遊んでいます。私も「す」で揃えて訳してみました。

語り手はデラをソファに突っ伏させたまま、自分は①の立ち位置に移動し、「さて、みなさん、女主人が泣いている間に夫婦のアパートを見ておきましょう」と説明を始めます。家賃は週に八ドル。「そう書いておかないと物乞い狩りの警察隊が踏みこんできかねないぼろさ」などとひどいことを言ったりもします。

そのうちデラが泣きやむと、語り手はまた彼女の気持ち（③）に寄っていきます。デラが窓辺から庭を見るくだりはこんなふうです。「そうして窓辺に立って外に目をやり、灰色の猫が、灰色の塀を歩いていく、灰色の庭をぼんやりと眺めた」。一文の中に三回もgrayが出てきます！　ヘミングウェイの節でも書きましたが、文章家が無頓着にこんな繰り返しをするはずがないですね。語り手がデラの思いに寄り添ううちに、デラと「目」を共有しているのです。いまの彼女には、なにもかもがどんよりと映っているという心理を表しています。心象を投映した一文です。

こうして語り手はまた失意のデラの心の中に入りこみ、Tomorrow would be Christmas Day, と彼女のあせりを表現します。最初に出てきたThe next day would be Christmas. とよく似た文章ですが、違いに気づきましたか。the next day（翌日）がtomorrow（明日）に変わっていますね。それだけ語り手がデラの時間感覚に同化しているということです。

皮肉屋だが温かい、語り手の妙

とはいえ、この語り手は真に性悪なのではありません。デラとジムの若夫婦を陰に日向（ひなた）に見守っているのですね（ちょっと口は悪いですが）。終盤では、ふたりをひしと抱きあわせておいて、「さて、みなさん、週に八ドルだろうが年に百万ドルだろうが、なんの違いがあるでしょう?」などとナレーションを展開します。

そしてふたりの会話が終わった後に、少し長くおしゃべりをします。いちばん大切な宝物を売ってしまうことで、お互いのプレゼントの使い道を失くしてしまった若者たちをunwisely（愚かにも）と形容しながら、しかしじつは彼らこそがmagiなのだと言って、温かいまなざしを向けて物語をしめくくるのです。

小説というのはストーリーの面白さやプロットの巧みさも重要ですが、最終的にはそれをどのように語るかで成功が決まるのだと思います。本作はこうした話法の精妙さがあるからこそ、名作中の名作たりえているのでしょう。

第五章
強く生きる女性たち

「最後のひと葉」オー・ヘンリー
The Last Leaf *O. Henry*

〝お一人さま〟が見たニューヨーク

作者プロフィールは一六三ページ参照。

オー・ヘンリーの「最後のひと葉」（一九〇五）は、貧しい女性画家二人を主人公とし、最後には光が射すと同時に、限りない悲しみが沁みわたる名作です。

本作が書かれたのは百二十年ほど前ですが、女性のキャリアと自立についても描かれており、まさにいま読まれるべき内容だと感じます。フリーランスの女性同士のシスターフッド（女性同士の絆）を新しい形で世に問うた先進的な物語でもありました。

女性と芸術的キャリアの関係については、本書で紹介する他の名作にも描かれています。第一章でとりあげたジーン・ウェブスター『あしながおじさん』のジュディは作家志望。

そしてルイーザ・メイ・オルコットの『若草物語』の四人姉妹は全員がアーティスト志向でした。女優、作家、ピアニスト、画家……。本作を翻案した映画版には、隣家の少年ローリーと四女のエイミーが「これまで女性の天才芸術家なんていた?」「ブロンテ姉妹」「それだけ?」と、厳しい現実に言及する場面もありました。本章で紹介するヴァージニア・ウルフ『灯台へ』では、大家族のケアと夫の精神的サポートに献身するラムジー夫人と対照的な存在として、若い女性画家リリー・ブリスコウが登場し、結婚せず絵の道を追究する姿が描かれています。

貧しくも夢を追うふたり

「最後のひと葉」の主人公は、メイン州出身のスーと、カリフォルニア州出身のジョンジー。八丁目通りの飲食店〈デルモニコス〉で出会って、美術への情熱を分かちあい、お互いチコリサラダとビショップスリーブを愛するとわかって意気投合。アパートの「最上階」に共同でアトリエを借りることになりました。

二人とも〝お一人さま〟で食事に来たのでしょう。オー・ヘンリー作品は風俗の描き込みも特徴ですので、そうした面も見ておきましょう。まず、〈デルモニコス〉は十九世紀初葉からニューヨーク市界隈で展開された欧風の本格レストラン。米国の飲食店に初めて

「アラカルトメニュー」を導入したそうです。

若い貧乏画家が入るにはちょっとお高そうですね。一八八〇年代には、「スモール・デルモニコス」とあだ名される格安食堂がロウアーマンハッタンにあったようなので、その類いかもしれません。

「ビショップスリーブ」も時流をよく映しています。袖口にむかってふんわりとふくらみ手首は締まったタイプの袖で、一九〇一年ごろ人気があり、女性誌でももてはやされました。二人が将来の夢や〝お気に入り〟について夢中で話している様子が目に浮かぶ書き方です。

都会の過酷な生活のなかで

二人のアトリエの場所は、ワシントンスクエア公園の西側の、細い路地が入り組んだ辺り。ここグリニッジヴィレッジ地区は、いまもカルチャーの発信地です。売れない芸術家たちはここに、north windows and eighteenth-century gables and Dutch attics を求めてやってきたと書かれています。gables は『赤毛のアン』のグリーンゲイブルズ（緑色の切妻屋根＝三角屋根）でもおなじみですね。

これは家賃が安い条件を羅列しているのです。北向きの部屋（ただし射光が安定しているので画家は好むという説も)、築百年ぐらいの古さ、オランダ式の屋根裏部屋。作中には、Dutch window-panes(窓ガラス)とかDutch eaves(軒)など「オランダ式」という語が多出します。米国東海岸は十七世紀以降、オランダの植民地だった時代があり、その名残もあるでしょう。三角屋根に挟まれて壁が傾斜したせまい空間。二人が住んでいた「最上階の部屋」とは豪華なペントハウスではなく、そういう所です。

下積みの二人は雑誌のイラストを描いたりして暮らしていますが、あるときジョンジーが肺炎にかかって重症化してしまいます。ここに関わってくる男性が二人。一人は医者で、「彼女が助かる可能性は十に一つ。しかも、生きる気力があっての話だ」と言う。ジョンジーは自分が死ぬと決めてかかっているようです。

医者は、「あの子はなにか気にかけていることでもあるのか?」とスーに尋ねます。スーが「いつかナポリ湾に絵を描きにいきたがってました」と答えると、「絵だと? ばかばかしい。もっとよく考えるべきことがあるだろうよ――ほれ、男の問題とか?」と言います。スーはここで「おとこお?」と呆れた声を出します。with a jew's-harp twangという表現にご注目ください。jew's-harpは口にくわえて演奏する「口琴」のことで、twangというのは弦をはじいたときなどの「ビョーン」という高い音ですね。つまり、驚きのあまり、「はあっ?」っと声が裏返ってしまったのでしょう。

スーとジョンジーにとって「考えるべきこと」はなにより画業なのに、男性医師にはそれが理解できません。結婚せず、子どもを持たず、都会の片隅で女二人で暮らしているアーティストの卵。百二十年ほど経った現在も、嫌味を言う人たちはいるかもしれません。ジョンジーの気力のなさは、仕事の過酷さだけでなく、社会に深く根づいた男女差別や偏見による疲弊からも来ているのではないでしょうか。

ジョンジーは窓外の壁に這う蔦の葉を数えるようになり、最後のひと葉が落ちたら自分も死ぬと言いだします。「待つのはうんざり。考えるのもうんざり」と言い、もう手を放してあの疲れた葉っぱみたいに落ちていきたいと。それでも、スーは献身的に看病をつづけます。

都会で身を寄せあう三人の愛と絆

次に登場する男性は、一階に住む六十すぎの画家ベアマンです。傑作を描く描くと言っているだけで、カンバスは二十五年間も真っ白なまま。よくお酒の臭いをさせていますが、それでも、自分はスーとジョンジーを保護する立場にあると考えています。

葉がすべて落ちたら死ぬとジョンジーが言っているとスーが打ち明けると、ベアマンは、なにをくだらんことをと激怒します。さっきの医者と違うのは、彼が移民であり、貧困層であることです。セリフの訛り方と名前から生まれはドイツと推測されます。ユダヤ系かもしれません。一九〇〇年代のニューヨーク市の人口は二十三パーセントがドイツ系移民でした。

　ベアマンはジョンジーのような良い娘がこんな所で伏せっているのはどうかしていると言い、わしが傑作を描いたら三人でここを出ていこうな、と言います。二人を自立したアーティストではなく、わが子のような目で見ているのですね。その父親のような捨て身の愛がどんな結末を呼びこむか、それは書かずにおきます。

　新たなアートシーンが作られ、雑誌や広告業が勃興したニューヨークシティでアメリカンドリームをつかもうと奮闘する三人の人物を描く、弱者とその絆の物語だと言えるでしょう。都会の喧騒に隠れて見えない小さな存在を、オー・ヘンリーの細やかな観察眼がみごとに浮き彫りにしています。

『ピグマリオン』ジョージ・バーナード・ショー

Pygmalion *George Bernard Shaw*

人間を成長させるものとは？

ジョージ・バーナード・ショー（一八五六―一九五〇）

アイルランド・ダブリン生まれの劇作家、評論家、小説家。一八九二年に『男やもめの家』で劇作家デビュー。一九二五年ノーベル文学賞受賞。本作は三八年に映画化、アカデミー賞脚本賞を受賞。ミュージカル映画『マイ・フェア・レディ』の原作でもある。

アイルランドの劇作家、評論家で、一九二五年にノーベル文学賞も授与されたジョージ・バーナード・ショーの戯曲『ピグマリオン』（一九一二）を読んでいきましょう。この題名を知らないかたも、映画『マイ・フェア・レディ』の原作と言うとピンとくるかもしれません。

とはいえ、この映画版では、結末が原作から大きく変更されています。『ピグマリオン』を読むうえで、この点は重要ですので、原作と映画や舞台などの翻案の関係についても見ておきたいと思います。

まずは、この戯曲のあらすじを紹介しましょう。舞台は「最後のひと葉」と同じく二十世紀初頭のロンドン。こんどはロンドンで一人生き抜く若い女性の物語です。貧しい娘のイライザ・ドゥーリトルは街頭で花を売っていますが、みすぼらしい身なりと、言葉の訛りのせいで、世間に見下されていました。そんなある日、音声学の専門家として名高い教授ヒギンズと出会います。彼は人の発話を聞けば出身地を当てることのできるという音声学の達人です。

イライザは人に敬意をもたれる女性になりたいと考え、彼の言語レッスンを受けることにします。『ピグマリオン』の舞台となった頃のイギリスは、社会の階層によって話す言葉がはっきり違っており、言語と結びついた階級意識がきわめて強くありました。ヒギンズ教授もまた、人間の〝ランク〟とは、その人の話す言葉で決まると考えています。こうした考えは、いまのイギリスのみならず完全にはなくなっていないでしょう。言語と人格というのが、この作品の主題のひとつです。

ちなみに、イライザの名字のドゥーリトル（Doolittle）ですが、「ドリトル」と表記すればおなじみかと思います。Do little（ほとんどなにもしない＝なまけ者）といった意味になりますね。

変更されたラストシーン

教授のレッスンを受け、上流の人びとと交わるうちに、イライザ・ドゥーリトルは話し方や見かけもレディらしくなっていきます。それだけではなく、自分の能力に自信がもてるようになり、精神的な面でも成長を遂げていく。ところが、ヒギンズ教授は自分が育てた彼女をいつまでも見下し、失礼な態度をとりつづけるのです。これは、ひとつの「語学小説」であると同時に、人間観察の小説でもあります。

じつは、ヒギンズ教授は自分の作りだした「レディ」に心惹かれているのです。それなのに、ゆがんだプライドや、下層階級への偏見や、女性蔑視にとらわれ、ひとりの人間としてイライザに接することができません。イライザは教授の態度に怒り、友人のフレディと結婚すると言って、とうとう家を出ていってしまいます。戯曲はヒギンズの苦い哄笑(こうしょう)で終わっています。

これは世に知られた『マイ・フェア・レディ』のラストとは違うでしょう。『ピグマリオン』は映画化やブロードウェイでのミュージカル化の際に、イライザが最後に帰ってきて、ふたりが結ばれることを暗示するハッピーエンドに書き換えられたのです。

現代からすると、これは男性に都合のいい筋書きとも言え、二〇一八年～二〇一九年にブロードウェイで再演された際には、興味深い工夫がなされていました。従来の台本のセリフはほとんど変えずに、演出を大きく変えて、イライザの女性としての視点や自立心を表現する試みをしたのです。むしろイライザのほうが、うぬぼれ屋で無神経なヒギンズ教授を人間味のある男性に変えていく印象を与えました。

花売り娘だった頃イライザはどんな言葉を話していたのでしょう？　たとえば、ヒギンズ教授と出会う場面にこんなセリフがあります。

"Cheer ap, Keptin; n' haw ya flahr orf a pore gel."

ちょっと意味がわかりませんね。ヒギンズ教授が彼女の発音通りに書きとって、イライザに見せるのですが、「なんだ、これ、ちゃんとした英語じゃないから読めないよ」と返すところが皮肉です。本人としては、こう言っているつもりなのです。

"Cheer up, Captain; and buy a flower off a poor girl."（「だんなさん、しけてないで、気の毒な娘から花のひとつも買ってよ」）

また、ミュージカル舞台や映画の『マイ・フェア・レディ』には、「運がよけりゃ」や「踊り明かそう」など日本にも定着した歌がたくさん出てきます。ヒギンズ教授にやりこめられたイライザが歌う「今に見てろ」の歌い出しを見てみましょう。

Just you wait, 'enry 'iggins, just you wait!

イライザ役の歌を聴いてみると、wait は「ゥワイト」のような発音になり、Henry Higgins は「エンリー・イギンズ」と、hの音が落ちています。イライザがロンドンのイーストエンドで身につけた訛りは「コックニー」といって、労働者階級のアクセントとされていました。「エイ」と発音すべきところが「アイ」となり、hの音が脱落するのも大きな特徴なのです。Mondayは「マンダイ」、paperは「パイパー」に近い音になります。これを矯正するために、彼女はこんな妙なセンテンスを繰り返し練習します。

"The rain in Spain stays mainly in the plain."(スペインでは雨は主に平野に降る)

この場面はミュージカルでは、「スペインの雨」として歌になっています。当初は、「ザ ライン イン スパイン スタイズ マインリー イン ザ プライン」という風に発音していたイライザが特訓の末、正しく発音できるようになった瞬間の歌です。

言語の故郷喪失

イライザはこうして教授の猛特訓を受け、あるときその成果を試すべく、社交界デビューをします。大使館のきらびやかな舞踏会へと出かけていくのです。すると、どうでしょう。美しいイライザは舞踏会で注目の的になりますが、彼女の言葉づかいに疑問をもつ人物が出てきてしまいます。

お里が知れてしまったのでしょうか? そうではありませんでした。人びとは「あのかたは外国のお姫さまなのでは?」と疑っていたのです。なぜなら、話す言葉が完璧すぎるからです。ネイティブの言葉には、ネイティブらしいくだけたところがありますね。イライザは正統なクイーンズ・イングリッシュを、ある意味、異言語として習得したので、がちがちに整った言葉づかいや発音になっていたのでしょう。それで、イギリス人ではなく、英語が堪能なハンガリーあたりの王女さまがお忍びでいらしているのだろうと噂になったのです。

教授の言語レッスンとしては最上の効果をあげたことになりますが、私はイライザのあまりに完璧な言葉に、精神的な故郷喪失の哀しみを覚えることがあります。そのあたりの言語と人間性の関係について、もう少し深く見ていきましょう。

言葉と人間性

ここでタイトルの説明を少ししたいと思います。「ピグマリオン」とは、ピュグマリオーン（古代ギリシア語：*Πυγμαλίων*, *Pygmaliōn*）というギリシア神話に出てくるキプロス島の王のことです。現実の世界の女性に失望していたため、自ら理想の女性ガラテアの彫刻像を作りました。そのうち自らの作った彫刻に恋するようになり、ここから「ピグマリオン・コンプレックス」という言葉が生まれたのです。これは、広義には、自分の作りだした似姿を愛するようになること。この神話は十九世紀ヴィクトリア朝のイングランドではたいへん人気のあるテーマでした。

このテーマを使った文芸作品は今日に至るまでたくさん作られています。『マイ・フェア・レディ』の男性版とも言われるミュージカル「ミー・アンド・マイ・ガール」。これは第二章でもお話したイギリスの限嗣相続制によって、莫大な遺産と土地屋敷を相続することになった庶民の青年が、上流社会のマナーや慣習を学んでいくというお話です。彼と同じ庶民階級のガールフレンドも、ある人に話し方のレッスンを受けるという展開がありますが、「ロンドンに高名な言語学の教授がいて、りっぱなレディに育ててくれるという評判よ」といったセリフが出てきます。場所と時代の設定からして、これはヒギンズのことを暗に指していると思われます。作品の枠を超えたおもしろい言及ですね。

また、日本の小説家中島京子の『イトウの恋』という明治時代の通訳男性を主人公にした小説にも、『ピグマリオン』を彷彿(ほうふつ)とさせる関係が出てきます。『日本奥地紀行』を書いたイザベラ・バードという旅行家に随行した通訳のイトウは、イザベラを師匠として、女性として慕い、自らの英語力に磨きをかけて、対等に接してもらえるよう努力を重ね、こう言います。「私は車夫馬丁が使うような言葉〔鴻巣注：英語〕を覚えたくなかった。そんな言葉を使っていたら、いつまでも相手に馬鹿にされるだけだからだ。どんな言葉を使うかは、どんな人間として扱われるかを決定する」

さて、ショーの戯曲『ピグマリオン』に先述のギリシア神話のテーマを当てはめれば、王さまがヒギンズ教授、彼の理想の女性となるのがイライザ・ドゥーリトルになりますね。下町の花売り娘が言語学者による教育を通して、口汚くあか抜けない娘から一人前のレディへと生まれ変わる物語――本作はおおむねそのように捉えられてきたと思います。

イライザを目覚めさせたもの

実際、そういう面もあるのですが、イライザをりっぱな人物に育てた貢献者は、むしろヒギンズ教授の友人であるピカリング大佐ではないかと、私は思うのです。大佐も言語学者で、もともとは大佐が「この花売り娘を社交界デビューできるようなレディに仕立てあげられるかい？」とヒギンズをけしかけ、ふたりは賭けをする形でこの計画を実行に移したのです。計画の資金出資者も大佐です。

ピカリング大佐は計画の「言い出しっぺ」にして出資者であるだけではありません。もしもイライザが、高慢で人間みのない、しばしば侮辱的な言葉をぶつけてくるヒギンズ教授とだけ向かい合っていたら、彼女は早々に心折れてしまったか、教授の元を去っていたことでしょう。現在の目で見たら、教授の言動は〝モラルハラスメント〟と言われても仕方ありません。イライザはいつも隣にピカリング大佐の存在があったから成長できたのだと思います。

先に、街で花を売っていた頃の彼女の英語がどんな発音だったか、少し紹介しましたね。あそこから上流の美しいクイーンズ・イングリッシュを身につけるには、たいへんな努力が必要だったのは想像に難くありません。しかし彼女は自分の磨かれた英語をほめられても、刺繍をしながら軽くこのように返しています。

「そんな（言葉を習得する）ことは、流行り（はやり）のダンスを覚えるようなものです。それ以上のものではありません」

こんなセリフをさらりと口にするところに、イライザの精神世界の深さを私は感じます。彼女は発音や言葉づかいを訓練によって洗練させることで、社交界の仲間入りをはたしました。「発話」は彼女にとって、人生逆転の切り札だったはずです。しかし彼女はそんなものは流行りのダンスステップをマスターするようなものだ、内面の変化とはあまり関係がない、と言うのです。イライザはさらにピカリング大佐とヒギンズ教授に問いかけます。「ならば、わたしの真の教育はどこに始まったと思われます？」と。

イライザにレディへの一歩を踏み出させたのは、self-respect（自尊心）でした。どうしてそれが芽生えたのかというと、彼女はこう言います。

「あなた（ピカリング大佐）はわたしがこのウィンポール街にやってきた最初の日から、ミス・ドゥーリトルと呼んでくださいましたね」

呼称に表れる人間関係

人の呼び方も、社会的なポジションや、呼ぶ側と呼ばれる側の関係を表す重要なものであることは第二章でもお話ししました。当時のイギリスで、上流階級のレディを相手に、最初からファーストネームで「イライザ」、いわんや、その略称の「ライザ」と呼ぶことはありません。逆に、レディが初対面のジェントルマンに名乗るときに、いきなり「あたし、ライザ」などと言うのも作法に反しますが、イライザは初めてヒギンズに名前を訊かれた際、「ライザ・ドゥーリトル」と、略称で答えました。それでも、ピカリング大佐は彼女を「ライザ」ではなく、「ミス・ドゥーリトル」と、姓に敬称をつけて呼びかけてくれました。

ピカリング大佐はその後も、イライザの前では帽子をとったり、立ちあがってドアを開けてくれたりします。こんな小さな敬意の積み重ねが彼女に自信と自己肯定感をもたらしたのではないでしょうか。彼女を本当に変えたのは言葉づかいや発音の変化によって得られた称賛ではなく、人間としての本質的なdignity（尊厳）を感じられることだったのだと思います。ここで、あの有名なセリフが出てきます。

「淑女と花売り娘の違いは、その人がどのようにふるまうかではなく、どのように扱われるかで決まるのです」

先に引用した『イトウの恋』のイトウのセリフとも響きあいますね。

戯曲の後半に見られるイライザの完璧な英語には、上品さ、美しさと同時に、言語の故郷を失った哀しみが私には感じられます。だからこそ、ひとかたならぬ苦労の末に習得した上流の言葉を「こんなものはうわべのものにすぎない」と言ってみせるところに、イライザ・ドゥーリトルの「わたしはヒギンズ教授の操り人形ではない」という矜持（きょうじ）が際立つのではないでしょうか。

『ねじの回転』ヘンリー・ジェイムズ

The Turn of the Screw　*Henry James*

多彩な解釈が恐怖を呼ぶ

ヘンリー・ジェイムズ（一八四三―一九一六）
米国ニューヨーク生まれの小説家。大学のロースクール中退後にデビューし、ロンドンに拠点を移す。複雑な心理描写が特徴。代表作に『ある貴婦人の肖像』『鳩の翼』など。

ヘンリー・ジェイムズの名はジェイムズ・ジョイスやヴァージニア・ウルフほど日本では知られていないかもしれませんが、モダニズム文学の先駆けとなった作家です。「意識の流れ」という手法や、ヘミングウェイなどに受け継がれたハードボイルドな（直接的な感情表現を交えない）文体の原点ともなった書き手でもあります。

『ねじの回転』（一八九八）はとくに人気があり、日本の作家にも影響がうかがえる作品があります。恩田陸のタイムワープ小説『ねじの回転』や、もしかしたら椎名誠の超常SF小説『ねじのかいてん』などもある種のオマージュなのかもしれません。

さて、『ねじの回転』はじつに多彩な解釈を呼びこむ小説です。私の初読は二十歳前後ですが、再読すればするほど怖さが沁みてくるのです。一義的な読み方はできませんが、「見える」「見えない」ということが主題のひとつになった作品と言えるでしょう。ちょっと入り組んだ構造になっていますので、まずストーリーと構成についてざっと紹介します。

亡霊のさまよう家にて

冒頭は、クリスマス・イヴに行われたイギリスのある家でのパーティです。友人たちが集まり、「百物語」形式で自分の知る幽霊談を披露しあっています。

ダグラスという男性が話した「他の追随を許さないほど恐ろしい話」が、この作品の本体部分になっています。大まかにこのような内容です。

ハンプシャー出身の田舎牧師の末娘である「わたし」が、ロンドンのさる紳士に、甥と姪のガヴァネス（住み込みで子どもたちの教育、しつけなどを行う女性教師）として雇われます。両親を亡くしたことをまだ知らされていない幼い兄妹がブライという湖畔の地所に暮らしているので、面倒をみてほしいというのです。ただし、なにかあっても一々相談してこないこと。

「わたし」がその家に赴くと、天使のように愛らしい八歳の少女フローラと、管理人・

家政婦として同家を仕切っているグロース夫人がいました。前任者のガヴァネスは亡くなったとのこと。死因は不明です。

兄のマイルズは十歳ですが、クラスメイトたちになにか「被害」を及ぼしたという理由で寄宿学校を放校になったという知らせが届きます。とはいえ、帰宅したマイルズの清らかさに「わたし」は夢中になってしまいます。

じきに「わたし」は家の塔や窓の外から見知らぬ男が見つめてくるのに気づき、グロース夫人に話したところ、クイントという元使用人だとわかります。ただしこの男は亡くなっているはずでした。その後、フローラと湖畔にいると、黒い服を着た女性が悲し気に見つめてくる。フローラも気づいているのにそれを隠そうとしているようです。グロース夫人によれば、その女はミス・ジェッセルという以前雇われていたガヴァネスだと。この人も亡くなっていました。

ふたりはなぜ命を落とし、その霊はなぜいまも屋敷をさまよっているのでしょう？　そして、フローラとマイルズはこの亡霊たちとなぜ交信しているのでしょうか？　十九世紀末の小説ですが、ここにはいま聞いても大変ショッキングな事情が隠されています。

原題がもつふたつの意味

ミス・ジェッセルとクイントは一家の教師と下男でありながら男女の関係をもっていました。身分違いの使用人が付き合っているだけでも当時は不道徳なのですが、クイントは幼いマイルズにいかがわしい行為をしていたことが暗示されます。フローラはいまもミス・ジェッセルと湖畔で密会しているようです。

現在であれば、クイントやミス・ジェッセルの言動は「グルーミング」（性的行為を行うための手なずけ）や「小児性愛」などと呼ばれていたでしょう。このふたりは邪悪な存在としてブライの地所を支配しているようです。

ある日、マイルズが「わたし」のためにピアノを演奏して気を引いているうちに、フローラは家を抜けだし、ミス・ジェッセルと密会するために湖畔に向かいます。グロース夫人とともに追いかけていった「わたし」はそこに佇むミス・ジェッセルを指して、フローラとグロース夫人にも彼女の姿が見えているはずだと絶叫します。

フローラはそのようすに怯（おび）え、ガヴァネスと離れたいと言い、病を得てロンドンの伯父の家へ移されることになりました。ブライの邸宅に「わたし」とマイルズがふたりきりでいると、またクイントが窓から覗いてくる。「わたし」はクイントとの関係を聞きだそうとマイルズを問い詰めますが、その男の姿はなかなか少年には認知されません。

やがて、「わたし」は悪霊を制圧して、少年を強く抱きしめますが、その瞬間にこの子は……。

『ねじの回転』の原題はThe Turn of the Screwといいます。A turn of the screwは英語の常套句で、ケンブリッジ英語辞典にはこういう語義があります。“an action that makes a bad situation worse, especially one that forces someone to do something.”（悪い状況をさらに悪化させる行為。とくにその結果、無理やりなにかをさせること）。ねじを回すというより、ぎりぎり締めつける感じですね。

作中にはこの常套句が二回使われています。一度目は序章の中で、If the child gives the effect another turn of the screw, what do you say to *two* children—?”（子どもが出てきて恐怖譚がぐっと怖さを増すなら、子どもがふたり出てきたらどうだろう？）。なんともゾクゾクさせる使い方ですね。

もう一か所は、第二十二章で、むしろ気力を奮い起こす意味で使われています。「わたし」は恐ろしい試練の只中にいます。しかしこの試練は「ありきたりの人間の美徳」をもう一押し（a push）、もうひと締め（another turn of the screw）するものなんだと考えようというのです。そうすることで前に進んでいけるのだと。

さて、いったい幽霊は本当に出たのか？　ガヴァネスの妄想ではないのか？　天使に見えて悪魔のようなマイルズとフローラの先生いじめではないのか？　この点について、文学界は大いに議論してきました。

幽霊は出たとも出ないとも言えると思います。古い時代のゴシックホラーとモダンホラーの違いは「アッシャー家の崩壊」で書きましたが、その心の曖昧(あいまい)な領域にこそ恐怖の水源はあるからです。

語りのリレーと信憑性

さて、語り手の女性がガヴァネスとして入った家では、以前使用人たちの不審な死が起きていました。「卑しい人間」である下男のクイントは、夜道の凍った坂で転倒して命を落としたといいます。また、語り手の前任者のミス・ジェッセルは、なんらかの理由で亡くなったとのこと。

しかし真相は闇の奥です。芥川龍之介の『藪の中』や、チリのロベルト・ボラーニョの『野生の探偵たち』など、小説には語り手が複数いるために真相があやふやになっていくものがあります。『ねじの回転』の場合はどうでしょうか。本編の部分はガヴァネスの独り語りですが、じつは語りが幾重にも層を成しているのです。

まず、パーティに集まった人たちが交替で恐怖譚を披露しますね。この場でダグラスという男性客が語りだすわけですが、話の内容は彼の体験談ではありません。ダグラスの妹でガヴァネスだった女性が体験したことなのです。彼女から送られてきた手記によってダグラスは一連のできごとを知ったと言います。

ダグラスはその手記をわざわざ家から取り寄せ、聴衆に披露することになります。では、それこそが私たちの読んでいる恐怖譚でしょうか？　いえいえ、もう何段階かあるんです。彼は手記を読みあげる前に、独自の背景説明を行います。さらに、この恐怖譚を最終的にまとめた人物は別にいるのです。たぶん読者の大半は憶えていないでしょう。客の一人である「わたし」という人です（ややこしい）。

この「わたし」が後年病に倒れたダグラスから手記を譲り受け、それを正確に書き写し、この写本をもとに私たちに語っているのが『ねじの回転』の本編なのですね。

なんという多重リレー。どうしてこんな複雑な造りにするのでしょう？　主人公のガヴァネスが最初から出てきて、「わたしはこんな恐ろしい経験をしたんです！」と語りだせばシンプルではないでしょうか？

この語りの重層化は「小説」という形態の発達と関係があるでしょう。私たちの生活言語に近い言葉で書かれる小説は、それまでの詩や戯曲よりも、日常のよしなしごとを細かく表現し、感情の機微に肉薄することを得意としてきました。そのため、小説が発達してくると、「本当らしさ」がいっそう追究されるようになりました。

すると、語り手がいきなり登場して読者の知らない人びとのことを滔々と物語るというお話の形式はなんだか嘘っぽくなり、なぜそこに語り手がいて、誰に話しているのかという信憑性のある設定が必要になってきたのです。

十九世紀末に刊行された『ねじの回転』でもそうした手当てが入念に行われているわけです。

検証不可能な一人称の語り

面白いのは、こうして信憑性を追究することでむしろ『ねじの回転』に解釈の多義性が導入されたことです。これも作家の意図でしょう。ガヴァネスの手記はどれぐらい正確に書き記されているのか、どれほどダグラスの解釈が入っているのか、はたまた「わたし」の編集がどの程度なされているのか、読者にはわからないようになっています。

三人の話者が混然一体となって、いわゆる「信用できない語り」をつくりあげているのですね。これも本作の底知れぬ気味悪さを増長しているでしょう。

そして、この恐怖譚を決定的に捉えがたくしているのは、ガヴァネスが本当に事実を語っているのかどうか、最後まで不明なこと。彼女自身も「信用できない語り手」なのです。なぜ信用できないのか？　故意に嘘を織り交ぜて話している可能性もありますが、それよりもこの語りが一人称一視点によるもので、外部からの検証ができないからです。

彼女は実家の状況が思わしくないところに、「両親を失ったのに気づいていない幼い兄妹の面倒」という最高難度の任務を雇い主から丸投げされて、相当のプレッシャーを負っています。田舎の中流家庭からロンドンの上流の家に入った独身女性として、使用人らに見下されたくないという気負いもあったでしょう。ちなみに、魅力的な雇い主に性的に惹かれていたため、抑圧された性的欲望が神経症状となって現れたというフロイト的な解釈も古くからあるようですが、それこそ男性たちの妄想のようにも思えます。

ともあれ、そういう苦境下で愛らしい子どもたちに、あえて騙されて心を癒やしたかったのかもしれない、と彼女は自分で書いています。ある種の現実逃避は自覚していたことになります。

「見える」と「見えない」を分かつもの

本作の「読み解けなさ」を考えるには、語り手の精神状態よりも語り自体の性質に注目したほうが面白いように思います。ここで本作を下敷きに『抱擁』という傑作小説を書いた辻原登の説をご紹介しましょう。

日本の侯爵家を舞台にした『抱擁』には、ガヴァネスが雇われた家の幼い娘フローラにあたる少女が出てきて、なにかを目で追い交信しています。小間使いの語り手にはその

「なにか」が見えるのですが、アメリカ人の女性家庭教師にはまったく見えません（『ねじの回転』と逆の役回り）。

辻原さんはなぜ「見える」かではなく、なぜ「見えない」かについて、こう述べています。「幽霊が見える見えないは幻覚妄想などの問題ではなく、それを正確に描写する力の有る無しの問題だ」と。そのアメリカ人教師は、日本語はそれなりに話せても読み書きがおぼつかないようです。

彼女に日本の幽霊が見えないのは、文化理解を含む言語力が足りないせいかもしれません。フランス文化圏で育った人の多くは河童（かっぱ）に遭遇しないし、日本文化圏で育った人の多くはゴブリン（ヨーロッパの小鬼、精霊）を見ないでしょう。

さて、『ねじの回転』の管理人／家政婦、グロース夫人は英語を話すイギリス人ですが……。マイルズの学校から届いた「放校通知」の手紙を語り手が差しだすと、「だめですよ」と言って手を後ろにまわしてしまいます。そう、グロース夫人は字が読めなかったのです！　辻原さんの言うとおり、「見えません」というのは「読めません」ということなのかもしれません。本作がたんなる幽霊譚ではなく人間の内面を描いた作品であることがわかると思います。現代的な心理ホラーの先駆となる傑作です。

『灯台へ』ヴァージニア・ウルフ
To the Lighthouse　*Virginia Woolf*

小説の語りを一変させた名作

ヴァージニア・ウルフ（一八八二—一九四一）
英国ロンドン生まれ。プルーストやジョイスと並び、内面描出や意識の流れを重視した心理主義を追究し、モダニズム文学の旗手として評価される。フェミニズム文学の先駆者とされる。小説に『ダロウェイ夫人』『オーランドー』『波』など。

ヴァージニア・ウルフは旧来の小説の技法に別れを告げ、新しい視点のあり方をとりいれた作家であり、その代表作『灯台へ』（一九二七）は斬新な文体と繊細な人物描写が特徴とされています。文体については後ほどお話しますが、ウルフが前世代の男性作家たちに放ったこんなコメントが残っています。

「いまの時代、彼らのもとに行って、『小説はいかに書くべきか』『どうすればリアルな作中人物を描きだせるか』と教えを乞うのは、靴職人のもとに行って腕時計の作り方を教わるようなものです」

なかなか辛辣ですね！　『灯台へ』は三部に分かれていますが、作中で実際に起きるできごとをまとめると、非常にシンプルなものになります。第一部「窓」では、スコットランド沖スカイ島の別荘を舞台に、そこに暮らすラムジー一家の夏の一日、正確には昼すぎから夜までが描かれます。

その間には、ラムジー夫人が駆け出しの学者タンズリーと町へ買い物に行ったり、若い画家の卵であるリリー・ブリスコウと四十代独身の植物学者ウィリアム・バンクスの友愛関係がスケッチされたり、リリーとラムジー夫人の親密なひとときが写しとられたり、素朴な青年ポール・レイリーと男性に人気のミンタ・ドイルが婚約したり……夜にはラムジー夫人の指揮のもとで晩餐会がひらかれて、登場人物が一堂に会します。

一家を切り盛りするラムジー夫人は古風な「家庭の天使」と目されますが、いま読むと、じつはいちばんモダンな存在かもしれません（これについても後述します）。

時間がほどけてしまう第二部「時はゆく」の美しさは、どう説明したらいいでしょう。「名著のなかの名文」と言えます。人びとの暮らしの移ろいを、まるで風が吹き抜けざまに語るような文体なのです。そして、第一部から十年後の第三部。その間には、第一次世界大戦をはさんでいますが、ある日の朝から昼頃までのラムジー家のできごとが語られます。

読書を通じて浮かびあがる人間性

さて、本節では、ちょっと変わった切り口、「読書」という切り口でこの名作を読み解いていきましょう。本を読む場面、本のことを話しあう場面が多く出てきますが、本との接し方から各々の人物像やその心情がリアルに浮かびあがるように書かれているからです。

まず、一家の主である哲学教授のラムジー氏は〝知的読者〟の代表格といえるでしょう。読書の仕方が独特で、たとえば幼いジェイムズから見た父の姿はこう書かれています。「ともあれ、あの本に没頭しているのはたしかで、たとえばいまみたいに一瞬顔を上げることもあるけど、それはなにかを見るためではなくて、頭を整理して考えをより明確にするためなのだった。それが済むと、心は本のなかへ帰ってゆき、また読書に没頭しだす。そうして夢中で本を読む姿には、なにかを引き連れているような、羊の大きな群れをなだめすかして逐っているような、細い一本道をがんばって先へと歩いているような、そんな印象があった」

本の読み方には二つあると言った学者がいます。集中してひたすらページの文字を追いつづける「没頭型」と、ときどき本から顔をあげてなにかに思いを馳せる「夢想型」です。ラムジー氏は後者のようですね。本に飽きているわけではなく、ふとした思いつきや連想の波が押し寄せてきて、思いがさまよい出ていく。いかにも哲学者らしい読み方です。

ラムジー氏の弟子筋の若い学者、タンズリーの読書もいかにも知識人っぽい。バンクスが「ウェイヴァリーもの」（W・スコット作、波乱万丈の歴史ロマンスのシリーズ）を褒めあげると、彼は急にこのシリーズをこき下ろしだします。ひねくれ者でモテないタンズリーはラムジー家の娘に相手にされず、じつはその八つ当たりで、好感度抜群の中年男性バンクスにマウントをとろうとしているのです。横で見ているラムジー夫人には、そうした彼の言動の裏側はすっかりばれています。

ラムジー夫人は思います。タンズリーは小難しい話ばかりするけど、結局言いたいのは、「ぼくが、ぼくが、ぼくが」ということばかりだと。そのとき「でも、そういう本っていつまで残りますかね？」という声が誰かからあがる。すると、今度はラムジー夫人は、夫が自分の著作の未来を思って落ち込むのではないかとハラハラします。ラムジー氏の学者としてのキャリアはすでに下り坂なのです。

こうした社交の危機一髪の瞬間に、「わたしは流行りすたりなんかは気にかけない質でね」と、からりと言うバンクス。さらに注目すべきは、一見ちゃらちゃらしたタイプのミンタの気遣いです。ラムジー氏がひどく不安になっているのを察して、「シェイクスピアなんて本当に面白いと思ってる人いるんですかあ？」などと頓狂な声をあげてみせます。その心配りも夫人はわかっています。『灯台へ』は人間関係のなかで起きるこうした「微妙な間」や「心理戦」を鮮やかにすくいとります。本作は世界大戦とその前後を背景にしていますが、「対立」とか「苦悩」などの大きなことばではなく、日常の小さなことばで人間性とその関係の機微をとらえています。

ラムジー夫人の本との付き合い方

さて、こうした知性派読者と対照的な一般読者が、ポール・レイリーです。晩餐の席で、子どもの頃好きだった本（『アンナ・カレーニナ』）の話をラムジー夫人にぽつぽつするのですが、記憶は曖昧だし、ふたりとも文学にくわしくないので、話が盛り上がりません。でも、ポールは純粋に好きな本のことを話しているし、自分のことをもちだしたりしないと、ラムジー夫人は観察して好感をもちます。

では、ラムジー家の子どもたちはどうでしょう？　たとえば、末っ子ジェイムズはこんなふうに本を扱っています。

「そばに寄ってきて立ち止まっては、見おろしてくる父を（彼は）疎んじていた。（…）ジェイムズは本のページに一心に見入っていたら、父をやりすごせるんじゃないかと思っている。それとも、なにか単語を指さすことで、母さんの関心をとりもどせないかと」

ジェイムズはまだ字が読めないのですが、父親という支配者の脅威に抵抗するための砦か盾のような手段として本を使っているのですね。自分だけの心の空間を確保するための本です。

そういう幼いジェイムズのために読み聞かせをするのが、ラムジー夫人です。彼女は『漁師と女房』という本を読んでやりながら、いわく言いがたい疲労と不安を感じています。その不安のでどころとは？

ウルフは従来の小説のように、表情や装いや動作など外側から人物を描写するのではなく、その内面を描出することで「ひと」というものを読者の眼前に立ちあがらせました。それを可能にした『灯台へ』の文体の秘密に迫りましょう。

新しい文体が生み出した語り

十九世紀の英文学に典型的な人物の描き方というと、日記や回想録をのぞけば、三人称文体で語り手がキャラクターの言動や気持ちを伝える形です。見た目や服装から、その人の属する階級をほのめかし、しゃべり方などから知的な階層を物語ることもあります。

こういう語り手は基本的に登場人物の心のなかを自由に覗くことができます（その特権を使わない作者もいます）。こんなふうに書きます。「リチャードは窓辺に寄り、雨脚が強まったのを見て、今日はドレイク卿の園遊会は取りやめだろうと思い、がっかりした。しかし一家の可憐でたおやかなジェインのことを思うと諦めきれず、馬車の用意を怠らないよう馬丁に注意させた」

「がっかり」とか「諦めきれず」はリチャードの心情ですが、「可憐でたおやか」という表現にも彼の主観が滲みでているかもしれません。

一方、ウルフは外側から人物を描写したり気持ちを説明したりするだけでなく、リチャードの内面に入りこんで彼の目と声で語りだします。こんな感じです。「リチャードは窓辺にもたれ、雨脚が強くなっているのに目を留めた。このぶんだとドレイク卿の園遊会は中止になりかねないな。ジェイン……。可憐でたおやかなあの人。やはり馬車の用意は怠らないようにと、馬丁に注意しておこう」

移り変わる視点

このようにある人物の内面を描出したかと思うと、別な人物の心のなかに移動してその人の目と声で語る。これがシームレスにつながっていくところが特徴です。例えば、晩餐が始まろうとしているのに、ミンタとポールがまだ外出から戻らず、ラムジー夫人はやきもきしていますが——

「ラムジー夫人はそう思いながらドアに目をやり、するとその瞬間、ミンタ・ドイルとポール・レイリーと、大皿を捧げ持った女中が、一緒になって入ってきた。(…)『あたし、ブローチをなくしてしまったんです（…）』ミンタがそう言って隣の席に座ってくると、男気を発揮したラムジー氏は愛想よく彼女をひやかしてやった。／おやおや、どうしてまたそんなドジな真似をしたのかね。／（ミンタは）教授に笑われたとたん、怖くなんかなくなった。（…）よーし、今夜は来てる、ばっちりだ。（…）／なるほど、どうやら事は起きたようね。ラムジー夫人は思った。あのふたりは婚約を交わしたんだわ」

これは十九世紀の英米文学にはまだあまりなかった書き方でした。

では、次に第二部「時はゆく」の特異な文体と構成についても見ておきましょう。

まず、別荘で眠りにつく前のひと幕がごく短い第一章で映しだされ、第二章では人びとのいる世界が闇のなかに融けていくさまが「風が語るような声」で描かれ、第三章でいつだかはっきりわからない時間に飛びます。第三章の最後で、ある衝撃的な事実がじつにさらりと語られるのですが、これは黙っておきましょう。その後、ラムジー家の別荘がどんなふうに変化していったかを、誰とも知れぬ語り手が詩的に描写していきます。ちょっと引用します。

「鳥の消えゆく啼き声や、低く鳴る船の汽笛、野に響く蜜蜂たちの羽音、犬の吠え声、人の叫び声。それらはこの虚ろな部屋で、今週もまた来週も、どんどん静寂のマントのなかに編みいれられ、沈黙する家のまわりに折り重ねられる」

こうしてひとつのものを具体的に描写するのではなく、イメージの断片を重ねていくのです。

さて、作中のラムジー夫人は幼い末息子に本を読み聞かせながら、疲労と不安を感じていましたね。不安とは、夫より自分のほうが目立ってしまってないか？　ということなのです。「自分は夫よりすぐれているなどと、一瞬たりとも思いたくない。……大学も世間もあの人を必要としている」と思いたいのですが、世間では、あそこの家は奥さん頼みだよねと噂されているらしい。「ふたり並んだら、もちろん主人のほうがはるかに大人物だし、主人の功績にくらべれば、妻の社会貢献なんて取るに足りないもので、そんなことは周りもご存じのはずなのに」と夫人は思います。

ラムジー夫人は文学史的には、古風で控え目な「家庭の天使」と解釈されていますが、こういう箇所を読むと、自分の知性や才能に自覚的で、むしろ今っぽい女性だなと思います。

夫人を取り巻く人間関係

ラムジー夫人はなにしろ魅力的な女性です。八人の子を産んで五十代になりますが、絶世の美女らしく、夫のラムジー氏はつねに「な、なんて美しいんだ」と見とれ、なんなら卒倒しそうになっています。

夫人にめろめろなのは夫だけではありません。ラムジーの弟子筋の若手研究者タンズリーは男尊女卑の気があるのですが、何十歳も年上の夫人にときめいて平伏せんばかりです。また、妻を亡くして独身の学者バンクスも、密かに夫人を崇拝しています。彼女と電話をしながらそのむこうに、鼻筋のとおった碧眼の神々しいギリシア女性を思い浮かべていたり。夫人にとってもバンクスは別格の男友だちであり、とはいえ、聡明な彼に自分の弱い部分も見抜かれている自覚もあるので、ちょっと怖い存在でもあります。どうでしょう、大人の男女の微妙な親愛関係が繊細にとらえられていますね。今どきのドラマやアニメにもできそうです。

しかもこの古風に見える夫人は家庭の天使に甘んじず、「わたしって何者?」と悩み、子ども全員の手が離れたら、衛生的な牛乳を各戸に届けるためのビジネスや病院事業も手がけたいという野心すらあります。

結婚も子育てもして、恋愛感覚も忘れず、趣味も豊かで、キャリアも充実!という今どきの女性誌に出てきそうな女性ではないでしょうか。

二つの〝Yes〟に挟まれた物語

もうひとつ特筆すべきは画家の卵リリー・ブリスコウと夫人のシスターフッドです。夫人とリリーは新旧世代の女性を代表する対照的キャラクターとみなされていますが、リリーの夫人への思慕の念にはどこか恋愛に近いものがあります。

ある晩、ふたりは夜通し語りあい、空が白む頃リリーは夫人から、「女性はみんな結婚しなくてはね」と助言を受ける。朝の陽がカーテンの隙間から射し、ときおり庭で鳥が啼く頃、リリーは勇気を振り絞って、「わたしは独りでいるのが好きなんです。自分らしくありたいんです。結婚にはむいていないんです」と主張する。

その後、リリーは夫人の膝に頭をつっぷしてヒステリックに笑いだし止まらなくなりますが、夫人の黄金色の美貌を前に自らの無力さを感じます。

このふたりの女性が『灯台へ』の主人公とも言えるでしょう。本作はラムジー夫人の「ええ、いいですとも。あした晴れるようならね（"Yes, of course, if it's fine tomorrow,"）」という言葉に始まり、リリー・ブリスコウの「ええ、わたしは自分のヴィジョンをつかんだわ（"Yes, (...) I have had my vision."）」で終わります。いわば、ふたりの「イエス」で挟まれた形になっているのです。価値観も生き方もまったく違う彼女たちには、精神的な衝突やすれ違いが何度も起きますが、第三部にふたりが共にはっと顔をあげて、耳を澄まし波の音を聞く場面があり、最後にはふたりの声が一つになって聞こえてくる。最後のYes, I had my vision. は草稿では、Yes, she had her vision. と三人称で書かれていたのです。そうであれば、ここにリリーとラムジー夫人の声を重ねて聴くことも可能ではないでしょうか。

『灯台へ』は静かな肯定に包まれた物語と言えるでしょう。

『風と共に去りぬ』マーガレット・ミッチェル

Gone with the Wind　*Margaret Mitchell*

ロマンス小説の枠組みを超えて

マーガレット・ミッチェル（一九〇〇－一九四九）

米国アトランタ生まれ。一九二二年に新聞記者となり、文章の腕を磨く。執筆した唯一の長編『風と共に去りぬ』は三六年に刊行され、翌年ピュリツァー賞を受賞。三九年に映画化。各国語に翻訳された世界的ロングベストセラー。

南北格差を舞台にした物語

アメリカという多人種国家がいま直面する苛烈な分断を考えるには、その根元にある南北戦争について知ることが欠かせないと思います。

『風と共に去りぬ』（一九三六）はアメリカ南部のジョージア州を舞台に、南北戦争を挟んだ十年ほどの激動の時代を描く大河小説です。州北部内陸の〈タラ〉という大農園の十六歳になる長女スカーレット・オハラや、さまざまな階層と人種から成る人びとの波乱万丈の人生が描かれます。

序盤で、スカーレットは以前から想いつづけてきた幼なじみのアシュリ・ウィルクスが従妹のメラニー・ハミルトンと結婚することで自棄（やけ）になり、好きでもない男性チャールズ・ハミルトン（メラニーの兄）と結婚してしまいます。しかし夫は出征してすぐに死去、スカーレットは未亡人の身で彼の子を産み、シングルマザーとなります。戦中、しだいに貧しくなっていく南部の暮らし、敗戦後の南部の再建時代、彼女はやがて起業家として成功しますが、つねに満たされない思いがあります。その彼女のそばに寄り添うのが、資産家の怪紳士レット・バトラーです。物語は、農園のある田舎ジョーンズボロと、都会のアトランタを行き来して進行します。

物語の幕開けで、スカーレットと男友だちふたりが「もうすぐ戦争になる」「ならないわよ」と言い争う場面があります。合衆国大統領に就任したリンカーンが奴隷制度廃止をこれまでになく強く訴え、それに反発した南部諸州が合衆国を離脱して、南部連合国を結成しようとしているのです。ジョージア州は“Cotton Country”と呼ばれ、綿花の栽培で大いに栄えていました。しかしそれを支える労働力となったのは、アフリカから連れてこられた黒人奴隷です。

一方、アメリカの北部は奴隷制度から離れ、重工業や製造業による発展を遂げていました。ここに、深い溝が生まれたのです。米国において、「北部寄り」（青い州）と「南部寄り」(赤い州)というのは、たんに地理上の位置ではなく、経済基盤や社会構造の差異の問題といえます。

この深い断絶はいまも根深く残り、第一期トランプ政権の誕生後、白人優位主義の多い共和党(あるいはトランプ)支持層と、多人種融和を謳う民主党支持層の間の亀裂を露(あら)わにし、第二期同政権ではマイノリティへの配慮や多様性が排除される傾向を強めています。

『風と共に去りぬ』の作中で、南部が北部に戦争で勝てっこない理由として、バトラーがこのように指摘する場面があります。「……境界線以南に大砲工場が一つもないことを考慮なさったかたはおられますか?　あるいは、南部に鋳鉄所がほとんどないという事実を?　また、毛織工場や紡績所やなめし革工場については?」と。

南部は物質的に勝てない戦争に突入し、惨敗したのでした。第二次大戦後の日本で『風と共に去りぬ』がベストセラーになったのも、似た経緯の敗戦国として、共感を得たのではないか、という見方もあります。

「赤」と「黒」、ふたりのヒロイン

『風と共に去りぬ』というと、ヴィヴィアン・リーとクラーク・ゲーブルが主演した映画版の印象が鮮烈かもしれません。この映画版は原作小説にごく忠実に作られているように見えますが、じつはかけ離れた面があります。原作小説を味わうために、こんな点にも留意してみてください。

●ヒロインはスカーレット・オハラ（だけ）ではない。

本作はスカーレットとその「相棒」となるメラニーのダブルヒロインの物語ととらえるべきでしょう。対照的な性格のふたりです。活動的で激情家のスカーレットと、もの静かで謙虚なメラニー。じつはこのふたりは名前も対照的なのです。

Scarlet(t)は「真紅」ですね。実際、この単語は〈タラ〉の赤土や兵士の士気を表す色としても作中に何度も出てきます。赤は情熱や生気を暗示します。一方、Melanieという名の起源はフランス語からラテン語の聖人名へと遡り、最終的にはギリシア語の*μελανια*（melania）に行き着きます。「メラニン色素」という言葉がありますが、「黒い」「暗い」という意味です。黒は理性や死を暗示します。

スカーレットとメラニーは赤と黒のヒロイン、好一対のふたりなのです。

さて、スカーレットは正統派美人ではないものの魅力的な女の子で、男性にはやたらともてますが、同性からの人気はさっぱり。序盤で味方と呼べる女性は母親のエレンと、乳母のマミーぐらいです。だから、大事な情報がちっとも入ってこない。

当時はスマホやＳＮＳは当然ありませんが、南部の似た者同士が集まる同質社会には

「うわさ」という強力なネットワークがありました。スカーレットは伝統的なジェンダーロール（性別による社会的役割）に背きがちで、ひとの恋人を奪ってはほくそ笑んでいる〝ビッチ〟なので、敵が多く、共同体ネットワークからはじき出されているのです。基本的には情報弱者に当たるでしょう。ヒロインなのに一貫して「蚊帳の外」にいるという珍しいヒロインです。

しかしこの彼女の無知と勘違いが本作の推進力になっているのです。バイタリティにあふれた彼女は未知の状況に出会うたび、「なんですって？　知らなかった！」と、やみくもに突っ走りだし、物語が大きく動きはじめます。そもそもこの大長編の発端も、スカーレットが地域で一人だけ、アシュリとメラニーの婚約を知らなかったことにあります。

スカーレットは情報を手に入れさえすれば、貪欲な生存本能からくる判断力、危機管理能力を発揮します。そういう彼女と強力なタッグを組むのが、メラニーです。スカーレットが「当てつけ結婚」した相手がメラニーの兄だったため、ふたりは義姉妹関係になり、メラニーは無償の愛でもってスカーレットを守ろうとします。物知りで、戦略家で、じつは恐るべき論客でもあるこの聖女が、スカーレットの参謀、ときには指揮官となって、幾度も苦境を切り抜けさせることになるのです。屋敷に北軍の兵士が侵入してきたときも、アトランタの街の人たちから総すかんを食らったときも。

メラニーは決してヒロインに寄り添うだけの脇役ではありません。スカーレットと対等のヒロインであり、彼女の〝分身〟でもあるのです。スカーレットは当初、彼女を恋敵として憎んでいますが、力を合わせて凄絶な戦況を生き抜くうちに、敬意と親愛の情が生まれてきます。

ダブルヒロインを擁する本作は、まさに「シスターフッド小説」の草分けといえるでしょう。

つづいて、こうしたことをふまえて、本作は従来思われていたようないわゆる「恋愛小説」ではなく、また白人富裕層だけの物語でもない――という点について深めていきたいと思います。

多人種、多階層の物語

ここまで、いまのアメリカの状況を考えるために、『風と共に去りぬ』に描かれた根深い断絶とその歴史背景について書きました。ここからは、本作に対してよくある誤解を解いていきたいと思います。

まずは、これです。

●本作は白人富裕層（だけ）の物語ではない。

映画版だと多くの登場人物がカットされ、スカーレット・オハラとレット・バトラーのロマンスを中心に、メラニー・ウィルクス、アシュリ・ウィルクスら、裕福な生まれの白人男女の人間関係が主に描かれています。しかし、この物語の重要な局面を動かし、人びとを救い、本作を支えているのは、むしろそれ以外の人びと――異分子、よそ者、少数者、はみ出し者、日陰者たちなのです。この人たちが真のヒーローでありヒロインと言ってもいいでしょう。

たとえば、スカーレットの一人目の夫チャールズとメラニーのハミルトン兄妹は子どもの頃に父母を亡くしていますが、上流階級でなに恥じることなく社交生活をつづけ、りっぱに成人できたのも、黒人執事ピーターのおかげです。メラニーが適齢になると髪をあげさせ、チャールズは地元のジョージア大学を卒業しろと言う法律家の伯父に対して、「専修課程はハーバード大学でなきゃいけません」と言い張って、実現させます。東部のハーバード大といえば、そもそもヤンキー（北部人）の大学ですが、南北戦争前にして、狭量な偏見にとらわれない爺やは大した見識の持ち主でした。

あるいは、スカーレットのベンチャービジネス（製材所）のあくどい片腕となるのは、アイルランド移民のジョニー・ギャレガーという男ですし、随所で知恵を出して危機を回避してくれるのは、山岳民のアーチーという殺しの前科者です。または、作中で、白人至上主義団体KKK（クー・クラックス・クラン）の「討ち入り」が描かれますが、このときも、全員逮捕または永久逃亡という窮地を救うのは、売春宿の女将のベル・ワトリングでした。映画版では、ジョニーの出番は少なく、アーチーは役自体がカットされています。

さらに、〈タラ〉農園再生のいちばんの立役者として、ウィル・ベンティーンという青年がいます（映画には登場しません）。庶民の出で、奴隷の数二人という小農家の主でしたが、戦争でなにもかも失い、天涯孤独の身となりました。彼が途中で登場しなければ、スカーレットは都会へもどることもできず、〈タラ〉は人手に渡っていたかもしれません。この農園だけでなく、物語そのものの救世主です。

こうしたマイノリティ、とくに黒人が虐げられていた現実をもっと描くべきだったという意見もありそれは現代から見ると正しい意見でしょう。とはいえ、作者のミッチェルがこの作品に多人種、多階層の織りなす背景を描きこもうと腐心したのも事実です。さまざまな階層や人種の生の〝ボイス〟をなるべくリアルに再現する。それがミッチェルが最も力を傾注したことのひとつでした。これを文学のことばでpolyphony（多声性）と言います。poly-は「多くの」、phoneは「音」を意味します。

ミッチェルはジョージア州北部の人びとの声を忠実に再現するために、ときには文法破格となるような実験的な表現もとりいれました。当時、イギリスで新しい文学シーンを切り開いていた作家のヴァージニア・ウルフと同様の話法も駆使していますが、不思議なのは、純文学作家のウルフの高度な文体は大いに評価を受けているのに、大衆文学作家とみなされてきたミッチェルの文体は、これまでほとんど顧みられてこなかったことです。

ロマンス小説の枠組みを超えて

『風と共に去りぬ』のステレオタイプイメージを払拭するために、もうひとつ挙げたいのはこの点です。

●本作は恋愛小説ではない!?
もちろん、スカーレット、アシュリ、メラニー、レットをめぐる恋愛模様は作中の大きな要素なのですが、恋愛物語というより、「恋愛音痴」の物語といったほうがよさそうです。スカーレットというのは男性にいたくモテて、三回結婚するわりに、じつは愛も恋もわからない、永遠の十六歳なのです。アシュリを「白馬に乗った王子さま」のように慕って恋焦がれていますが、その愛にはリアリティがありません。

あるとき思いあまってアシュリを駆け落ちに誘う有名な「果樹園のシーン」があります。そこでも、「そうよ、逃げだしましょう――なにもかも捨てて！　わたし、家のみんなのために働くのに疲れたわ。あの人たちは、きっと誰かが面倒みてくれるでしょ。……

ねえ、アシュリ、逃げましょう、わたしと一緒に。メキシコに行けばいいわ——メキシコの軍隊は将校を欲しがっているし、わたしたち幸せに暮らせるはずよ」という、およそ現実みのない提案をします。

スカーレットは幾多の困難を乗り越え、仕事人として、大家族の養い主としては、りっぱに成長しますが、恋愛人としては終盤までどうも目覚めることがありません。

だいたい本作は、世に言われているようなロマンチックな物語ではないでしょう。土地をめぐる世知辛い「不動産小説」であり、世界がひっくり返る「敗戦小説」であり、先述したように、女性同士の複雑な友情関係を描く「シスターフッド小説」でもあります。

また、前ページのセリフに「わたし、家のみんなのために働くのに疲れたわ」とありますが、『風と共に去りぬ』というのは「介護扶養小説」なのです。スカーレットは血縁関係もない家族を大勢抱えています。アトランタでは、亡くなった第一の夫の妹（メラニー）や彼の叔母、さらにメラニーが産んだ男児、〈タラ〉では、認知症とおぼしき父や病み上がりの妹たち、もう若くない召使たち、さらには、復員してきたアシュリ、ふたたびアトランタでは彼の妹たちまで、「世話の必要な人たち」を背負いこんでいる。こうした労働は女性が女性だからという理由で負担してきた〝無償ケア〟です。

その一方、スカーレットは一家の稼ぎ手として、男性家長のような役割も押しつけられています。農園の経営や税金の支払いに頭を抱える。第二の夫の事業を立て直したのも彼女でした。つまり、この時代にあって「女であり、男であれ」と言われていたようなものでしょう。

スカーレット・オハラがいささか分裂気味なのは致し方ないことなのかもしれません。ともあれ、『風と共に去りぬ』はロマンス小説という枠組みに押しこめずに読んだほうが、何倍も楽しめると思うのです。

第六章

未来の予言

『一九八四年』ジョージ・オーウェル

Nineteen Eighty-Four　*George Orwell*

人間性を取り戻すための闘い

ジョージ・オーウェル（一九〇三－一九五〇）
英国の作家、ジャーナリスト。英国植民地時代のインド生まれ。著書に、スペイン内戦の体験を書いた『カタロニア讃歌』、全体主義を寓話的に描いた『動物農場』など。

第六章の幕開けは、残酷な監視管理国家を描くディストピア文学の金字塔、ジョージ・オーウェル『一九八四年』（一九四九）です。

まずは、ディストピアとはなにか少し解説しましょう。このジャンルの古典といえば、ハクスリーの『すばらしい新世界』や本作『一九八四年』などですね。少数の〝トップ層〟が支配する監視管理社会のことです。最近では、「風の谷のナウシカ」のような、文明崩壊後の荒廃世界を描く作品もディストピアものと呼ぶことがありますが、もともとのディストピアはときにユートピアと区別がつかないぐらい整った楽園に見えることが間々あります。

しかし理想を追求するあまり行き過ぎた管理や監視は人びとを抑圧し、安定社会を営むためには、それを下支えするために犠牲になる人たちが必ず出てきます。ユートピアとディストピアは表裏一体なのです。いつ前者が後者に反転するかわかりません。

たとえば、この章のあとで取りあげるマーガレット・アトウッドの究極の男女差別小説『侍女の物語』『誓願』なども現代ディストピア文学の代表作です。

『一九八四年』と『侍女の物語』は世界的に保守化傾向の強まる今世紀になって読者を広げていましたが、アメリカで爆発的なリバイバルヒットとなった時期が二回あります。

一回目は、二〇一三年、アメリカのCIA（米中央情報局）の元職員により、NSA（米国家安全保障局）がテロ対策として国民の膨大な個人情報を入手し管理していることがリークされたときです。二回目は、世界的な大ヒットになりましたが、二〇一七年に第一期トランプ政権が誕生したときです。同氏が妊娠中絶の法的な禁止を謳っていたこともあり、『侍女の物語』を地で行くことになるのでは？と警戒した女性たちが、赤いマントに白いフードをかぶった「侍女」の扮装でデモを行ったりしました。

監視国家の反体制派たち

『一九八四年』の内容をざっと見ておきましょう。

時は一九八四年、核戦争に伴う革命後の世界です。地球は「オセアニア」「ユーラシア」「イースタシア」という巨大な三つの全体主義国家が支配しており、主人公ウィンストン・スミスが独り暮らしをするのは、オセアニア国の「エアストリップ・ワン」という地方。かつてはイギリスと呼ばれていた場所です。

「イングソック」と呼ばれる一党独裁の社会主義体制のもと、「真理省」「愛情省」「平和省」「豊富省」の少数エリートが支配しています。至るところに設置された「テレスクリーン」という装置に、党首「ビッグ・ブラザー」の姿が映しだされ、国民はつねに監視されています。プライバシーも個人情報もすべて当局に掌握されているのです。

さらに、党は幹部から成る「党中枢（インナーパーティ）」と、一般党員から成る「党外郭（アウターパーティ）」に分かれ、厳格な上下関係にあります。一方、党員以外は党規には縛られないものの、ごく貧しい暮らしを送っているという格差社会。当局は国民に不満や不適合の兆しが見られると、その個人を逮捕し静かに「蒸発」させます。

ウィンストンは才能ある作家であるゆえに、真理省の「記録局」に勤めています。歴史や過去の記録を巧みに改ざんするのが仕事なのです。ウィンストンは体制の欺瞞（ぎまん）に気づきはじめ、党に知られたら消されるのを承知で独自の日記をつけはじめます。

日記は党中枢のオブライエンに宛てた想定で書かれます。オブライエンの正体は反体制派の地下組織「兄弟同盟(ブラザーフッド)」の一員だと考えているからです。ウィンストンはやがて彼から禁断の書を渡され、国家体制のからくりを知ることに……。

この間、ウィンストンに「愛してます」というメモをこっそり渡してくるジュリアという黒髪の女性がいます。彼女と愛しあうことで、ウィンストンはいっそう真実に目覚めていく。しかし夫婦の性愛ですら当局に管理されているこの国で、個人的な恋愛というのは大罪です。ふたりはチャリントンという人物の手引きで逢引きを重ねますが、ウィンストンは言動を疑われ、思想警察に追われることに。さて、彼とジュリアはどうなってしまうのでしょう?

人間性を重んじたオーウェル

本作は、当時旧ソビエト連邦をはじめヨーロッパ、中南米などに広がっていた社会主義に対する危機感や批判を表現した作品とみなされますが、それだけではありません。

むしろオーウェルには、資本主義とその産業が作りだした物質社会や快楽主義に対する懐疑があったと指摘する研究者もいます(名著、秦邦生編『ジョージ・オーウェル

「一九八四年」を読む』（水声社）などをぜひご参照ください）。二十世紀以前のディストピア文学には、高度に発達したテクノロジーや人命を選別しコントロールする医療技術などがよく登場するのですが、オーウェルはそういう非人間的なシステムには否定的でした。

物質的な快楽も否定する一方、人間らしい愛情や欲望は重んじていました。まさにディストピア国家がもっとも叩き潰したがるのが、そうした血の通った感情や情動なのです。深い感情体験というのは人間を一時ぼうっとさせることもありますが、長い目で見れば、情緒を深め、知性を耕し、感覚を明敏にする働きがあります。『一九八四年』の幹部が国民の個人的な愛情を根絶しようとするのはそのためです。

ここで、ディストピア社会での女性の役割について考えてみましょう。男性作家の描く昔のディストピアSFには二種類の女性しかいなかったという説がありました。男を誘惑しにくる〝お色気星人〟か、人間みを欠いたロボットのような女性か。だから、アトウッドは女性が主体となる『侍女の物語』を自ら書いたと言っています。

とはいえ、『一九八四年』のジュリアはそのどちらでもありません（このことはアトウッドものちに認めています）。彼女は成熟した知性と感性をもったひとりの人間であり、監視管理化される以前の暮らしをウィンストンに思いださせたのも彼女でした。

ジュリアがウィンストンに禁じられた甘い砂糖を食べさせる場面があります。それを口にした彼は喜びや愛やそれを失ったうつろさを、初めて実感し、人間らしさを取り戻しかけるのです。

そう、監視管理体制を変えようとする人物は、支配層の男性のなかから出てくるのではありませんでした。体制を覆すには、そこに埋没しない視点をもった者が必要だったのですね。ちなみにアメリカでは、『一九八四年』をジュリアの視点で語りなおした『ジュリア』という小説が出版されています。

下層の民こそが国の希望

ディストピア国家「オセアニア」では、芸術や学術も党によって管理されています。優れた作品や本は人びとの精神と知を耕しますから、独裁者にとっては危険な敵なのですね。それでも主人公のウィンストンは折に触れて感性をくすぐるものに出会い、そうして細かい心の襞が動きはじめます。

チャリントン氏の骨董屋では、古い珊瑚の文鎮に魅せられて購入します。また、氏に家賃を払って部屋を借り、ジュリアと密会するようになりますが、あるとき窓の外から女の歌う声が聞こえてきます。その歌詞は韻文作成機で自動生成された陳腐なものです。こうした作成機械は現代の生成ＡＩを予見しているようですね。

「痛みは時が　きっと解決　してくれる

どんなことでも　きっと忘れて　しまえるわ
そういうけれど　年月を　こえたなみだと　ほほえみが
わたしの心の　琴線を　いまでもいつも　ふるわせる」（『一九八四年』高橋和久訳、早川書房）

六月の遅い午後の日射しを受けて、腕を赤く日焼けさせた大柄の洗濯女が、おしめを次々と中庭に干しながら、低い声で歌っているのでした。私はこのくだりを読むたびに涙が出そうになります。なぜでしょう？　結論から言うと、そこに私たち人間の人間らしさが照らしだされているからだと思います。

人間の個性がことごとく剝ぎとられ、規則でがんじがらめになった党支配下の社会で党員が自ら進んで歌っているのを、ウィンストンは聞いたことがありませんでした。でも、この女性は自然に歌っているのです。どういう人なのでしょうか？

彼女は党員ではない「プロール」という下層民です。党が言うには、革命前には資本家たちに虐げられていた人びとで、それを党が「解放」してやったのだと。とはいえ、「プロール」は生まれながらに劣った存在」なので、動物のように服従させる政策をとっています。この「生まれながらに劣った存在」がいるという考えは、植民地政策や奴隷制度のあった場所で、人びとを虐げる弁明としてつねに用いられてきた理屈です。

プロールたちは例のテレスクリーンで監視されていません。もっと単純な監視方法です。この人たちのなかに「思想警察」からのスパイを紛れこませ、虚偽の噂を流して都合のいいようにコントロールしているのです。

プロールは極貧の環境で育ち、十二歳で働きに出て、二十歳で結婚し、おおかた六十歳で死ぬことになります。肉体労働や家族と子どもの世話に明け暮れ、下世話な大衆紙と小説と映画、そしてサッカー、ビール、ギャンブルに入れこんで一生を過ごす。

プロールの娯楽はすべて、「プロレフィード」（プロールの餌）として党にあてがわれたもので、歌や詩は韻文作成機、小説は小説作成機から機械的に製造されます。安定した日々の食料と、たあいのない娯楽。それがあれば民は操れるという支配方法を「パンとサーカス」と呼んだりします。プロールとは、ある意味、現実の私たちを写したものだと気づかされます。

しかし機械が作った歌詞でも洗濯女が旋律をつけて歌うと、「心地よい調べに変わっていた」とウィンストンは言います。その歌には、強制されて歌うのではない生活のリズムや情感があったのでしょう。彼女の靴が敷石とこすれる音や、通りで騒いでいる子どもたちの叫び声と交じりあって、一回かぎりの命の輝きを放っていたのだと思います。

だから、のちにウィンストンは「プロールこそが人間なんだ」「ぼくたちは人間じゃない」とジュリアに言うのです。この国を変える希望があるならプロール（つまり、私たちですね）のなかにあると気づきます。

国家は言語で支配する

本作には「ダブルシンク（二重思考）」や「イングソック」など独特の語彙や文法が出てきますが、これらは党が作った〈ニュースピーク〉という言語です。従来の英語は〈オールドスピーク〉と呼ばれ、いずれはシェイクスピアなどもすべてニュースピーク版に翻訳されると。

ここで、ディストピアと言語の関係について少し触れておきましょう。監視管理社会の当局はたいていこのような新造語をもっており、言語を通じて人びとを洗脳し支配します。〈ニュースピーク〉開発者の一人サイムによれば、「思考の範囲を狭めること」が目的の一つだと言います。

ふつう、語句には複数の意味があり、用法によってニュアンスが変化しますよね。しかし〈ニュースピーク〉ではそういう「多義的」なものは一掃され、一つの語が一つの明確な意味しかもたないようにしました。また、似た意味をもつ語は二つ以上いりませんから、たとえば、cut という動詞もカットされました。「knife する」と言えば伝わるからです。〈ニュースピーク〉のもう一つの目的は、ある種の幼稚化でしょう。オセアニアの主要な四つの省、Ministry of Truth（真実真理省）、Ministry of Love（友愛親愛省）、Ministry of Peace（太平和平省）、Ministry of Plenty（豊作豊年省）を、当局はそれぞれ、Minitrue（ミニトゥルー）、Miniluv（ミニラブ）、Minipax（ミニパックス）、Miniplenty（ミニプレンティ）と、子どものおもちゃ名のような愛称で呼ばせています。親しみやすくあどけない語感の奥に、各省の真の目的である歴史改ざん、侵略戦争、思想統制などが隠れています。みなさんならどう訳しますか？

ちなみに、私は当局のもくろみを踏まえたうえ、ちょっと滑稽に、「しんしん省」「あいあい省」「へいへい省」「ほうほう省」と訳してみました。

最終的に、ウィンストンとジュリアは「思想警察」に捕まってしまいます。ウィンストンは党が「二足す二は五」だと言ったらどうする？と訊かれて、「それでも四です」と答えてひどい拷問にあい……。ジュリアも同様です。

このディストピア国家はその後どうなるのでしょうか？　本編には書かれていませんが、匿名の著者による〈ニュースピーク〉の解説が巻末に附録されており、そこにヒントがありそうです。〈オールドスピーク〉は二〇五〇年ごろまでにすべて〈ニュースピーク〉に翻訳され取って代わられる計画だったと書かれています。

そう、計画だった、つまり過去形です。この附録が〈オールドスピーク〉で書かれていること自体が、〈ニュースピーク〉とその国家の末路をほのめかしていませんか？　じつは本作のほんの序盤に、この新言語については「附録を参照のこと」と傍注がついているのです。ここで巻末をめくった人には、この国の行く末が予想できたかもしれませんね！

『侍女の物語』マーガレット・アトウッド

The Handmaid's Tale　*Margaret Atwood*

アメリカを〝予言〟したディストピア

マーガレット・アトウッド（一九三九－）

カナダ生まれ。フェミニズム文学の旗手として注目される。著作は詩、小説、批評など多岐にわたり、世界四十五か国以上で翻訳されている。二度のブッカー賞、アーサー・C・クラーク賞など数々の文学賞を受賞する、現代カナダを代表する作家。

デビュー作から最新長編の『誓願』まで、社会問題を次々と「予言」してきたといわれる恐るべきカナダの作家、マーガレット・アトウッドの名作をご紹介します。彼女が書いたことは十年、二十年後に社会問題になるといわれています。

一九六九年には、小説デビュー作の『食べられる女』で若い女性の摂食障害「拒食症」をいち早くとりあげました。七十年代から八十年代には、「解離性同一性障害（多重人格障害）」を扱い、八十年代には、『キャッツ・アイ』で学校のいじめと重いトラウマについて書きました。二〇〇〇年代は、世界規模の新型ウイルス感染症を予見するような『オリクスとクレイク』『洪水の年』といった小説を刊行。

彼女の作品のなかでも有名なのは『侍女の物語』(一九八五)でしょう。動画配信サービスHuluで二〇一七年からエリザベス・モスの主演でドラマ化され、これが大ヒットし、同時に原作も高く再評価されました。

本作のなにがそんなに世界中の読者と視聴者の心をつかむのでしょうか? それはこの物語がアメリカ合衆国をモデルに究極の男女差別社会を描いたリアルなディストピア小説だからだと思います。

分断支配される女性たち

『侍女の物語』の「ギレアデ共和国」では、表むきは平穏な街の姿があり、真っ赤なマントに真っ白なフードをかぶった女性たちが静かに歩いています。「侍女」と呼ばれる、ある種の奴隷です。この国では、女性は家庭、子ども、仕事、お金、あらゆる人権を取りあげられ、「小母」「妻」「女中」「侍女」という四階層に分けられ分断支配されているのです!

女性たちの教育係でもある幹部階級の「小母」、司令官や平民男性に嫁ぐ「妻」、家事に従事する「女中」、司令官と妻のために子どもを産む最下層の「侍女」。女の子は十三歳ぐらいで見合いを始め、「小母」になる者以外は読み書きを学ぶことも禁じられ、結婚して夫と国家に仕えることになります。国民のことは「目」と呼ばれる情報部員がつねに見張っています。

「侍女」には名前もありません。彼女を所有する司令官の名に、所有をあらわすofを付けて「オブ〜」と呼ばれます。語り手はフレッド司令官との子どもを産むために仕えている「侍女」のオブフレッドです。以前はジューンという名前で、結婚し子どももいて、キャリアを積んでいたのに、すべて国に取りあげられました。

物語は彼女の一人称で語られるのですが、奴隷の立場にあるため、社会の全体像を見わたすという視点がありません。狭い坑道を手探りで進んでいくような閉塞感や圧迫感があると思います。これは先を見通せない「侍女」の心理を読者が共有できるよう、意図してこのような書き方をしているのです。

司令官のフレッドは子づくりの「儀式」以外でも「侍女」と会いたがるようになります。しかしそれは肉体関係を目的とするものではありません。彼はどんな空虚を胸のうちに抱えているのでしょうか？　オブフレッドと仲の良かったレズビアンの女性モイラは心を病み、一方、オブフレッドはニックという運転手と接触するようになりますが……。

この国は一体どうしてこんなふうになってしまったのでしょうか？

まず、環境破壊や核災害などが原因でした。これらによる不妊症が増え、出生率が激減してしまったところへ、洪水、地震、森林火災、ハリケーン、干ばつなどが襲い、アメリカ経済は負のスパイラルに陥ってしまったのです。人びとは不安になると、そのうち怒りだし、カリスマ的な救世主を求めます。

そこで、キリスト教原理主義の超保守勢力が国家転覆をもくろみました。イスラム教徒のクーデターに見せかけて連邦議事堂を襲い、それを軍隊で鎮圧してみせた〈ヤコブの息子〉という宗派の政党が独裁政権を打ち立てたのです。

小説が現実に迫る

現代の国の多くは自由と平等の考えから、「政教分離」という方針をとっています。国や自治体がある特定の宗教と結びつくと、その信徒だけに有利な政策が敷かれたり、その教義に従わない人びとが弾圧されたりする危険があるからです。

しかしギレアデは「神権政治」という道をとり、上級国民のためのユートピアを陰で支える「侍女」という階層をつくりました。アトウッドは人びとが「子どもを産むか産まないか、いつ、何人産むか」について当人の意思で決定できないような状況は奴隷と同じだ、と言っています。

とはいえ、それと似た状況がいまのアメリカに迫っていると言えるでしょう。『侍女の物語』の再来だと恐れる人たちもいます。二〇二二年の六月、アメリカの最高裁がくだした判断により、中絶は州法に委ねられ、全米の多くの州で中絶が禁止・規制されることになりました。レイプによる妊娠や経済的な事情があっても例外になりません。

さらに二〇二五年、第二期トランプ政権が始まると、大統領は中絶禁止法を全米で施行する方向で動いており、キリスト教以外を弾圧する空気も生まれています（二〇二五年二月現在）。

アトウッドは怖いことを言っています。「わたしは歴史上や現実に例のないことは書いたためしがありません」と。つまり、彼女が書くことは過去に、そしていまも世界のどこかで起きているという意味です。歴史と社会を見わたしてみましょう。かつてのアメリカには、奴隷制度がありました。あるいは、経済的な理由から少女が年長男性と結婚させられる「児童婚」はいまもアフリカや南アジアなどにあり、タリバンに再支配されたアフガニスタンでは、女性は中学以上の教育を受けられません。

ディストピア小説というのは、現在の世界から時空をずらすことで、物事の本質を鮮やかに浮かびあがらせる働きをもっているのです。

しかしこの絶望的な物語にもひとすじの光はあります。「メーデー」と呼ばれる反ギレアデの解放組織が「地下女性鉄道」という逃走ルートを用意して、女性たちの救済にあたっていたからです。物語のつづきは『誓願』の節でお話しします。

『誓願』マーガレット・アトウッド

The Testaments　*Margaret Atwood*

女性の自由と連帯

作者プロフィールは二三〇ページ参照。

『侍女の物語』は架空のアメリカ合衆国に誕生した「ギレアデ共和国」という究極の男女格差政策を敷くディストピア国家で、子どもを産む「侍女」として仕える女性のモノローグで書かれていましたね。

『誓願』(二〇一九)はその十五年後に舞台を設定し、この独裁国家の崩壊と、女性たちの力強い連帯を描いています。語り手は、幹部階級のリディア小母、カイル司令官の適齢期の娘アグネス、そして隣国カナダでのびのびと育ってきた高校生のデイジーという、国や階級や思想のことなる女性たち。ときにスパイ小説や冒険活劇のようなタッチで立体的に展開していくので、『侍女の物語』の息づまるような語りと暗澹とした展開にめげそうになってしまったかたも、安心して読んでください。

本作では、語り手が三人に増え、立場のちがう三人が連絡しあうことで視界がひらけ、ギレアデ共和国の全貌と実態が見えてきます。とくにリディア小母はジャドという司令官の右腕でもあるので、この国が現在どんなありさまか、内部からの目で知ることができます。現実の世界でも、多角的な視点をもち、情報を共有することは大事ですね。

ギレアデ共和国は果てしなく広大な世界だと、娘たちは教えこまれていますが、じつは大して大きくないと判明します。しかも西海岸の州は反乱を起こし、テキサス州はギレアデと戦争の末に共和国として独立していますし、カナダと接するいくつかの北部州も、「地下女性鉄道」という逃走ルートを提供しています。一宗派による一党独裁のため、上層部による犯罪のもみ消し、文書改ざん、汚職などがまんえんし、国家基盤がぐらついているのです。

読み書きの力が自由をもたらす

アグネスは上級国民の娘のための一貫校に通っていますが、とても校則が厳しいのです。腕も頭髪もおおうこと。六歳になったら、くるぶしから二インチ（約五センチ）以上短いスカートは禁止。男性の性衝動を刺激してしまうからです。性被害にあうのは「挑発」した女性のほうの責任だという、筋違いの理屈が幅を利かせているのです。

この学校では国語、算数、理科、社会といった科目は習わず、ハンカチや額に入れる図案に刺繍をしたり、女性の務めを説く歌をうたったりします。要注意なのは、読み書きを習う授業がまったくないことです。ギレアデでは、小母階級をのぞく女性にとっては文字に触れること自体が冒瀆的行為とされています。

さて、私がディストピア文学の三原則と呼んでいるものがあります。挙げておきましょう。

①国民の結婚、妊娠、出産、子育てに国が介入してくる。
②国民の教育、読み書き能力（リテラシー）を抑制する。
③芸術や文化を弾圧して、支配層の望むものだけを与える。

①はもちろん、『誓願』では②の問題も大きく扱われています。なぜリテラシーを抑えようとするかといえば、なるべく知識をもたず、視野の狭い国民のほうが管理操作しやすいからです。読み書きの力は人間の知と尊厳の土台でもあります。だから、現在のアメリカでは、たとえば、受刑者から読み書きの機会を奪うのは人権に抵触するとして、刑務所には必ず図書室を設置するよう、全米図書館協会が宣言しているほどです。

しかしギレアデの一般女性たちは、徹底して文字から遠ざけられます。墓石の字を読むといけないので葬儀のとき以外は墓地に入ることもできません。

また、芸術文化を弾圧するのは、文学や音楽などのアートには、私たちの情緒を豊かにし、さまざまな気づきや目覚めを与える力があるからです。②と同じで、被支配民には、なるべく鈍感で無関心であってほしいわけです。明敏な心は鋭い洞察を生むからでしょう。

『誓願』でも、小母見習いとして「誓願者」になるアグネスたちが、「読む」ことを通じて新たな世界に踏みだしていきます。ギレアデが編集した聖書ではなく完全版の聖書を読み、〈ヤコブの息子〉への信仰心が揺らぎはじめるのです。アグネスはそのときのショックをこう語っています。

「いちばん大切な友人が死にかけているような気持ち。自分を護ってくれたものがことごとく焼け落ちていくような、独りぼっちでとり残されそうな、逐われて暗い森のなかで迷子になったような気持ち。(…)世界から意味がこぼれ落ちて空っぽになったような、なにもかもが虚ろで、なにもかもが萎れていくような気がした」

しかしこの揺らぎから新たな自由への道がひらけてきます。ここに、多民族国家カナダで生まれ育ったデイジーの価値観が加わり、ギレアデの化けの皮がいよいよ剝がれだします。

freedom from と freedom to の違い

ギレアデの女性たちは束縛される一方、暴力や殺人からは「保護されている」と言われます。リディア小母いわく、「自由には二種類あるのです」「したいことをする自由と、されたくないことをされない自由です」（『侍女』より）。ギレアデの女性には後者の自由があると。

さて、原文を見てみましょう。freedom from と freedom to と書かれています。自由の概念を習うときの基本ですね。「〜からの自由」と「〜への自由」。初めに達成されるのは、奴隷解放など「からの自由」です。その次の段階として「への自由」が来ます。女性が進学する自由、社会で働く自由、職種を選ぶ自由……。ところが、ギレアデではこれが逆戻りしてしまっているのです。国民の freedom to を奪い、freedom from の段階に押し戻しています。これがディストピア社会のいう「福祉」であり、「やさしさ」なのです。

最後に、『侍女』と『誓願』の本編に附録されている「エピローグ」に触れておきましょう。どちらも、「学会報告」のかたちで、ギレアデの研究者による講演内容が収録されています（このエピローグのスタイルは、アトウッドが『侍女』を書くのに意識したオーウェルの『一九八四年』を踏襲したものです）。

これははるか未来（二一九五年と二一九七年）にどこかの大学で開かれた学会であり、

私たちが読んできた『侍女』と『誓願』の物語は、ギレアデ国内で暮らした女性たちの証言を整理した歴史資料だと判明します。

ギレアデがその後どうなったのか、はっきりとは書かれていません。しかしながら、ふたつの講演の原文の時制に注目しましょう。どちらもギレアデ共和国の分析をするのに、現在形、進行形、現在完了形ではなく、一貫して過去形や過去完了形を用いているのを見れば、この独裁国家がどこかの時点で終焉を迎えたのが自ずとわかりますね。この点にも『一九八四年』へのオマージュがあるでしょう。英語の時制とはかくも雄弁なものなのです！

『クララとお日さま』カズオ・イシグロ

Klara and the Sun *Kazuo Ishiguro*

静かな筆致で読者を打ちのめす

カズオ・イシグロ（一九五四－）
長崎県生まれ。父親の仕事の関係で五歳でイギリスに移住し、一九八三年に英国国籍を取得。一九八九年に『日の名残り』でブッカー賞受賞、二〇一七年にノーベル文学賞受賞。ほかに『遠い山なみの光』『わたしを離さないで』など。

いま世界の文学は大きな変容の時期にあるといえます。文学の大きなテーマでもある「命」や「人間」の定義が変わりつつあるからです。

それはなぜかといえば、科学技術の進歩により、生命の誕生から、健康の維持、身体機能の拡張、病気の克服、長寿の実現（「人生百年」の時代です）まで、人為的にコントロールできるようになってきたからです。「ポストヒューマン」（人類の後にくる進化した生き物）の時代などと言われます。

遺伝子操作、クローン技術、臓器移植、高度な延命措置など、人の命のあり方を変えるような医学技術。あるいは、高性能ロボットや人工知能（ＡＩ）といった新しい頭脳の活用。こうして人類は人知を超えて、不老不死に近づいているという見方もあります。一方、このような行為は〝神の領域〟を侵すものであり、開けてはいけない〝パンドラの箱〟を開けることだと戒める声もありますね。

大昔から人間は人間の似姿を造りたがってきました。絵や彫刻や人形（ひとがた）をはじめ、「フランケンシュタイン」を元祖とする人造人間、二十世紀初葉にはカレル・チャペックというチェコの作家がロボットという概念を産みだし、その後、ＳＦの世界には、人体を改造するサイボーグや、人間そっくりの外見と機能をもつアンドロイドが描かれ、そしてＡＩが登場しました。これは現実世界でも活用されています。

人が自分の模造物を造りたがるのは、ある意味、死に対する準備ではないかと私は思うのです。あるいは、自分というものの消滅への恐れを紛らわすためではないか。自らの似姿を残すことで、自分の存在の記録をどこかに残し、ある種の「不死」を達成しようとする。そうした人間とその営みの模倣が発展して、演劇や文学も生まれたのではないでしょうか。

示唆に富む寓話の世界

本節でご紹介するのは、ノーベル文学賞作家カズオ・イシグロの『クララとお日さま』（二〇二一）です。本作はこうした現代にあって、じつに示唆に富む寓話といえるでしょう。

舞台は、イギリスではない英語圏の、名前のわからない架空の国です。語り手兼主人公は、家庭で子どもの遊び相手となる「ＡＦ」（Artificial Friend ＝人工親友）。太陽エネルギーで動く人工知能ロボットの「クララ」です。彼女がその半生を回顧する形で書かれています。

クララは「Ｂ２」型で、物語の最初では最新型のようですが、じきに「Ｂ３」型が出てきて型落ちしてしまいます。とはいえ、Ｂ２型はその機能の高さや感情の面で、お客たちに根強い人気があると書かれています。

そう、このＡＦには感情もあるのです。高い認知力と学習思考力と情緒を有しており、とくにクララはそのずば抜けた観察力で、さまざまな「窓」を通して外の世界を見つめて語ります。太陽の移ろいから、街をゆく人びとの喜怒哀楽や、生活の違いや、一瞬のしぐさやまなざしに表れる人生のストーリーを繊細に見てとる。そしてある日、自分たちに原動力を与えてくれる「お日さま」が、神のような力を発揮するのを目撃します。

とはいえ、ＡＦたちは毎日、店内やショーウィンドウに立って、子どもたちに選ばれるのをひたすら待つしかなく、どこかの家に買われていっても、あくまで家族を助けるロボットとして生きていきます。

こんな高い知能と情緒をもちながら、AFは人間に所有される運命にある。この落差の残酷さと哀切を、イシグロは劇的な仕掛けを用いず、淡々と描きだしてみせます。

非常に優秀なAFのクララは、体の弱い「ジョジー」という推定十四歳半の少女の家に買われていきます。家には、母親と家政婦がいますが、父親の姿は見えません。じきに、この国には特異な体制があることがわかってきます。イシグロは彼ならではの絶妙な筆致で、謎の薄皮を一枚ずつ剝いでいく。この名人技がまた堪能しどころです。どうやらこの国には、人びとを二つの層に分けるシステムが存在するらしい。ある「処置」をほどこした人と、そうでない人。そこには、さまざまな歴然とした生活の格差が生じています。

イシグロ作品に通底するもの

こうした設定は、映画化やドラマ化もされたイシグロの傑作『わたしを離さないで』を思わせもします。「介護人」である「キャシー」が寄宿学校で過ごした幼少期から思春期、卒業後の日々を振り返る回顧録として展開していく小説です。その筆致はじつに静謐な、たとえていうなら、風のない冬の日の湖面のように静かですが、水面の下にあるものが徐々に顔を出し、読者を打ちのめします。

この寄宿舎に暮らす生徒たちはある特別な使命を背負っているのです。登場人物たちの人生の特異さが、日常のありふれた場面に深い陰影を与え、逆に、些細なやりとりの平凡さが、彼らの使命の由々しさを際立たせます。

恵まれた層の人びとの役に立つことが、語り手の存在理由である点では、『クララとお日さま』にも『わたしを離さないで』と相通じるところもあるでしょう。

あるいは、クララの抑制された「奉仕者」の語り口には、イシグロがブッカー賞を受けた『日の名残り』の語り手を思いだす読者もいるかもしれません。同書の大半は、旧世代のイギリスで一人のご主人さまにつくした老執事スティーヴンスの回想として展開するのです。

『クララとお日さま』の病弱なジョジーはなぜ体が弱いのか。その命のはかなさを乗り越えるために、大人たちがとる行動とは？　さらには、人工知能に「心」はあるか、「信心」はあるか。人間の命の継続とはなにをもって決められるのか？

生命倫理の基準を新たに考えていくうえでも、いまの時代に必読の名著といえるでしょう。

『闇の奥』ジョゼフ・コンラッド

Heart of Darkness *Joseph Conrad*

魂の奥に広がる巨大な闇

ジョゼフ・コンラッド（一八五七－一九二四）
帝政ロシア統治下のポーランド生まれ。船乗りとして世界を航海し、非母語の英語で創作を始める。一八八六年に英国国籍を取得。他の作品に『オールメイヤーの阿房宮』『ロード・ジム』など。

本書の最後には、さまざまな謎に満ち、読む人を惹きつけてやまない名作、コンラッドの『闇の奥』（一九〇二）を読んでいきましょう。人の心の高潔さと堕落、それらを対置して描きながら、その境界の危うさや曖昧さも浮き彫りにしています。

私がこの本を初めて読んだのは大学二年のときだと思います。その後、翻訳家デビュー作となった本に『闇の奥』の引用文が出てきたときには、うれしかったですね。原文を読んで、すぐにこの作品だとわかったからです。

コッポラ監督が本作を下敷きにして映画『地獄の黙示録』を撮ったことは有名です

が、モダニズム文学を代表する詩人T・S・エリオットの代表作「うつろな人びと」*The Hollow Men* にも、『闇の奥』からの引用がありますし、ほかにも映画『キングコング』にも影響を与えたと言われます。

あらすじ自体はシンプルと言っていいでしょう。語り手の「わたし」はかつてイギリスのテムズ河口に停泊した船で過ごした一夜を回想します。そこにはチャールズ・マーロウという船乗りもいました。このマーロウが夜の闇を見つめながら問わず語りに昔話を始めるという趣向です。

彼は若い頃有力者の叔母のつてで、ベルギーの交易会社に蒸気船船長として採用され、中央アフリカのコンゴ河を密林の奥へと遡行した経験がありました。そこで見聞きしたことを詳らかに話そうというのです。当時、アフリカではヨーロッパ人によって象牙が乱獲されており、その交易で莫大な収益をあげていました。

マーロウはつねに自分と社会を形作る道徳観に思索をめぐらし、高潔さを保ちたいと考えるまっとうな人です。自分の任務も、ヨーロッパの植民地政策も、批評的な目で見ています。叔母が「あの何百万という無知な人びとの蛮習を根絶する」のが文明人の務めだなどと言うと、マーロウは遠回しに「会社は金儲けのためにやってるんですよ」と言ったりします。

この時代、「暗黒大陸」と称されたアフリカに入植するヨーロッパ人は「光の使者」な

ど と呼ばれました。emissary of light です。「啓蒙する」という動詞は enlighten ですね。無知とは「闇」であり、知識とはそれを照らして人を導く「光」だという対比的イメージがあります。このコントラストは本作を貫くものなので覚えておきたいですね。

光と闇は逆転しうる

「光・闇」の対比はさまざまなバリエーションで展開します。たとえば、白と黒。全身白ずくめの白人会計士、黒い毛糸を編む黒人女性たちなどが現れ、白い肌と黒い肌の対照がなされます。でも、それだけではありません。この「光・闇」「白・黒」のモチーフは「浅い・深い」「空(くう)なるもの・密なるもの」というイメージも内包しているでしょう。

たとえば、マーロウは夜のテムズ河を見ながら、古代ローマを思いだすと言う。植民地主義に走るイギリス帝国を、次々と国や地域を征服して巨大帝国を築いたローマと重ねているのです。なにしろ当時のローマは戦争ばかりしているので、「もう戦争と英雄を称える詩を詠むのはごめんです」と宣言する詩人たちが続出したほどでした。ローマ人がここに初めてやってきて以来、「テムズ河は光を発している」とマーロウは言い、それを「燃え広がる野火、暗雲に走る一閃の稲妻」などに喩えて、この光が絶えてほしくないものだ、と。

しかしマーロウは「だが、つい昨日までここには闇があったのだ」とも言います。森や河や海はいくら人が開発して手なずけたと思っていても、一瞬にして自然の姿に返るものです。光と闇はつねに隣り合わせだということでしょう。『風と共に去りぬ』にもそのようなくだりが出てきましたね。

光と闇は隣り合わせなだけでなく、逆転したりします。作中、人びとはあまりに苛烈な陽の光に目が見えなくなり、暗闇の静けさのなかでむしろ目が冴えるのです。

マーロウは沿岸を航行する途中で、主任会計士から「クルツさん」という男の名を聞きます。この人こそが、本作の主役。ところが、なかなか姿を現しません。一体何者なのでしょうか？　聞くところによると、会社の一級職員であり、奥地の事業所の所長であり、大変な業績をあげて将来を嘱望されていると。到着した隊商とともにマーロウは中央事業所に向かいますが、やっと着いてみると、彼が船長を務めるはずの蒸気船が沈没したことを知らされます。

ここで登場する支配人は体は丈夫そうですが、近代文明人の薄っぺらさが集約されています。熱病が流行って人がばたばたと倒れているときに、「腸（はらわた）のあるやつは、こんな所に来ちゃいかんですな」と言ったりします。このセリフは、読者には「中身が空っぽでないとここではやっていけない（＝ここで出世している支配人は中身がない）」という支配人にブーメランのように返っていく皮肉にも聞こえますね。これがコンラッドのアイロニー術です。

コンラッドは人を形容するのにhollow（うつろな、空疎な）という語をよく使います。木の「うろ」のこともhollowと言いますが、がらんどうということです。エリオットもこの表象を*The Hollow Men*で使ったわけです。マーロウは支配人の中身のなさをすぐに見抜きます。

支配人は、クルツの容態が深刻なのですぐ救援に行ってほしいとマーロウを急き立てます。とはいえ、事業所はずさんな営業ぶりで、仕事などは見せかけのもの（their show of work）。実態のある作業は行われていません。支配人助手のような若い男も煉瓦作りの担当だと言うのですが、煉瓦など見当たらない。マーロウはこの男を「張り子のメフィストフェレス（悪魔）」と呼びます。ここにも空洞のイメージがあり、薄っぺらな事業ぶりがうかがえます。

一方、「教化」され酷使されている黒人を表現するのには、mass of bodies（密集した肉体）という即物的な言葉が使われたりします。また、まわりの密林は猛々しい濃緑で先が見通せないほど鬱蒼としています。第二部のAn empty stream, a great silence, an impenetrable forest. The air was warm, thick, heavy, sluggish.（空漠たる河の流れ、広大無辺の静寂、底知れぬ森林。空気は温かく、どんよりと重苦しく、淀んでいた）というくだりなどが典型的です。emptyな河に対してことごとく「みっしり」したものが対置されていますね。「空なるもの・密なるもの」のみごとな例です。

こういう場面で使われるimpenetrable（突き通せない、計り知れない）という単語は要注意です。あとの重要な場面にも出てきます。im（否定語）+penetrate（貫通する）+able（〜できる）というふうに分解できますね。

密林の奥に見たもの

マーロウは入植地の堕落ぶりと空疎な現実に直面して信念が揺らぎ、現実のほうを修正するようになります。つまり、事実から目をそむけるということです。クルツのいる奥地へと旅立っていく彼はfantastic invasionという言葉を使います。侵略がなぜファンタスティックなのでしょう？　このフレーズが出てくるのは、マーロウが事業所の一つで働く現地の人びとの群れを目にしてつぶやく場面です。

「なんだ、あれは！　かくも現実離れした光景を目にしたことはなかった。かたや、原生林を切り拓いた豆粒のごときこの事業所をとりまく沈黙の未開地が、凶悪でいて真実のような、なにか巨大で不敵のものに思えてきた。この突拍子もない侵略が過ぎていくのをじっと待っているのではないかと」

西洋帝国主義の幻である事業所のはかなさと、それを囲む鬱蒼たる原生林の不動さ。両者の対比をきわめて鮮やかに見せる名場面です。「空（くう）なるもの・密なるもの」というモチーフは前述しました。これは「無常と不変」とも言い換えられます。万古不易（ばんこふえき）の密林からすれば、人間の金儲けの営みなど浮薄ではかないものです。

「この突拍子もない侵略」という訳語が this fantastic invasion に当たる部分です。invasion は植民地支配のことですね。fantastic は現在では、「とてもすばらしい・素敵な」といったポジティヴな意味が辞書でも第一語義に来ています。でも、語源をたどってみると、ギリシア語のφανταστικός（phantastikos 想像できる）という語に行きつきます。fantastic の本来の意味は「空想的な」「非理論的な」「馬鹿げた」ということです。fantasy と言えば、現実をベースにした imagination と違って、荒唐無稽な夢想、幻想といった意味合いになります。この二つは英語でははっきりと区別されるものです。

つまり、ここの fantastic は前段の「かくも現実離れした」（so unreal）とほぼ同義なのです。西洋諸国による現実みも計画性もない侵略だと言っているのですね。

マーロウの意識の変化

沈没した蒸気船は修理され、マーロウはクルツのいる奥地の事業所へと河を上りますが、遡行するにつれ、彼の意識は明らかに変わっていきます。自分たちこそがそこにある「呪われた遺産」を真っ先に手に入れるのだと夢見、入植者は古代ローマの帝国主義者のように、過酷な労働と苦しみを強いても未開の地を征服すべしと考えるようになっているのです。当初もっていた植民地支配への批判的なまなざしを失いかけています。

しかしそこで彼は一つの気づきを得ます。「吠え、跳び回っている怪物たち〔鴻巣注：先住民〕」であっても、じっと見つめていれば、自分と同じ人間であることを感じとれる、と。文明人のうわべや教養の奥には、原始的な人間が見つかるはずだというのです。コンラッドは現地の人びとも白人植民者も共に化け物のように描きつつ〔読者もまったく共感できないと思います〕、でもそんなモンスターが自分の中にもいると感じさせる。読者も共感はできなくても理解はできるという境地に至るでしょう。

さて、奥地の事業所から約五十マイル離れたところに小屋が見つかります。そこには薪とメモ、暗号らしきメモが書き込まれた本がありました。

マーロウは浅瀬を読み間違えて岸に接近しすぎ、そこで先住民の襲撃を受けることになります。マーロウが蒸気汽笛を鳴らすと、攻撃者たちは退却していきますが、操舵手が槍で刺されて絶命します。マーロウに驚くほど親しげな笑顔を向け、目を輝かせながら。コンラッドは「光と闇」を巧みに描きますが、この場面の輝きほど痛ましく胸をえぐるものはありません。

さて、マーロウはとうとう象牙王国に君臨するクルツと奥地の事業所で出会うことになります。そこにはロシア人の商人らがおり、暗号のメモと思ったものはロシア語だったと判明します。

この後マーロウはクルツの家のまわりでおぞましいものを発見します。クルツの家を囲む杭の節と見えていたものは、人間のしなびた頭部であることが読者の目にも明らかになるのです。クルツの狂気がいきおい浮かびあがります。マーロウはクルツの内部に大きな空虚を見出し、クルツも「空洞だったからその中で声が朗々とこだました」のだと思い至るのです。本作で幾度か使われていたキーワードhollow（うつろな・空疎な）は、ここに来て最も深甚な意味を帯びます。

自分の奥にひそむ闇

最後に、クルツが発した有名な言葉について解説しましょう。彼はマーロウたちに連れ帰られることに抵抗し、現地の人びとを扇動しようとします。

マーロウはクルツにヨーロッパでの成功が約束されていると嘘をついてなんとか船に乗せます。クルツはもう光と闇の区別もつかないほど衰弱、あるいは正気を失くしていました。文明世界へと帰る船上で今わの際に発せられたのが、“The horror! The horror!”という奇妙な言葉です。

クルツはなぜこんな言葉を発したのか。原始の闇の奥を見つめつづけることは「自分自身の奥底を覗きこむ」ことでもあったのだろうと、マーロウは言っています。ここで、『名場面の英語で味わうイギリス小説の傑作』（斎藤兆史・髙橋和子著、NHK出版）という解説書から卓抜な文法解釈を紹介しましょう。horrorという単語は「恐怖」という不可算の抽象名詞として使われる際には、単数で冠詞をつけずに使われますね。でも、「恐怖の原因」「〜の恐ろしさ」といった意味の可算名詞で使うこともあり、この場合にはaかtheをとります。だから、the horrorの後にはなにかが省略されているはずだと鋭い考察がなされています。とてもひと言で表せないなにか。いわば、「絶句」の形です。それを書かないことで、クルツの見たものを「文字通り闇に葬ろうとしている」と髙橋さんは指摘しているのです。

その後につづくはずの言葉は、ひょっとしたらマーロウによって先取りされているかもしれません。クルツを船に運びこんだマーロウはこう思います。「自制も信仰も畏れも知らずして、なお自らとやみくもに闘う魂というものの不可思議な謎を、わたしはクルツのなかに見た」のだと。自制も信仰も畏れすらなくしても堕ちていくことに抗おうとする魂。それはどんな地獄でしょうか。物語の最後はマーロウのいる現在にもどり、「静かな河は（…）茫洋たる闇の奥までつづいているように思えた」と、人の心に広がる闇の巨大さを暗示して終わります。

少し難解でもありますが、何度読んでも味わいを増す名作中の名作だと思います。ぜひ手にとってください。

あとがき
Postscript

名著との旅はいかがでしたか。

初対面の名作も、再会を果たした名作も、途中でお別れしてしまった名作への再訪問も、あったかと思います。

まえがきで書いたように、イシグロやアトウッドらの同時代文学を除けば、私にとってはなつかしい再会の書が多いのですが、NHK「ラジオ英会話」テキストでの連載「名著への招待」の執筆のために三十年ぶりに読み返して、やっと言葉の真意や文体の仕掛けがわかったということもあります。たとえば……


女性のリードなしにはあのかたき同士の家のふたりは結婚できなかった（かもしれない）。

あの塩漬けライムは女の子たちの社交通貨だった。

あの少女の手紙では「追伸」がいちばん大事。

あの難病物語で女性アーティストが戦うのは病より世間の偏見。

あの「妻」と「恋人」はじつは表裏一体？

ほとんど初めて読むような気持になる作品もありました。私にとっても毎回が新鮮な驚きを伴う読書体験でした。

私は子どもの頃『赤毛のアン』などに出てくる「肉に肉汁をかける」ということの意味がわかりませんでした。なぜ肉に肉の汁をかけるのか？　大学生で初めて訪れた外国イギリスで出会ったgravy source（グレイビーソース）とかつて読んだ「肉汁」が結びついたときの、「ああ、これなんだ！」という感動をよく憶えています。二十年ぶんの謎が解けたのです。

私は「わからない」は一生の宝だと思っています。

いまは、本を読むにも、映画を観るにも、ひょっとすると散歩をするときでさえ、タイムパフォーマンス（タイパ）が重んじられる時代ですが、本書『ギンガムチェックと塩漬けライム』は、名作を初めて読む方々へのガイドブックであると同時に、名著との再会へのお誘いでもあり、スローリーディングの勧めです。かつて読むのを中断してしまった作品も、月日を経て再会すると意外と良さが見えてくるかもしれません（その反対もあるかもしれませんが！）。

経験と時間ほど、人を読み手として育てるものはないと思います。

さらに言えば、私は読書というのは本を閉じておしまいではないと考えています。むしろ、本というのは私たちの中に入ってから育ちつづけていくのだと。読者はある一冊の本を読んだ後も、その長く長くつづく余韻のなかを歩いていく。ここで「まえがき」の問いに自ら答えると、文学作品というのはいっぺんに読み切って、いっぺんに理解しなくてもいいと思います。読書というのはつねに道なかばなのですから。

最後に、NHK「ラジオ英会話」テキストの連載「名著への招待」を長寿連載に育て、そこからこんな素敵な本を生みだしてくださった編集部のみなさんと担当の佐伯史織さんに篤くお礼を申しあげます。ありがとうございました。

二〇二五年二月　鴻巣友季子

鴻巣友季子（こうのす ゆきこ） *Konosu Yukiko*

1963年東京都生まれ。翻訳家、文芸評論家。主な訳書にマーガレット・ミッチェル『風と共に去りぬ』（全5巻）、エミリー・ブロンテ『嵐が丘』、ヴァージニア・ウルフ『灯台へ』（新潮文庫）、マーガレット・アトウッド『誓願』『老いぼれを燃やせ』、J・M・クッツェー『恥辱』（早川書房）、アマンダ・ゴーマン『わたしたちの登る丘』『わたしたちの担うもの』（文藝春秋）など。主な著書に、『謎とき「風と共に去りぬ」』『文学は予言する』（新潮選書）、『翻訳教室 はじめの一歩』（ちくま文庫）、『翻訳、一期一会』（左右社）、『マーガレット・ミッチェル 風と共に去りぬ 世紀の大ベストセラーの誤解をとく』（NHK出版）など。共著に『みんなで読む源氏物語』（ハヤカワ新書）など。

本書は、NHKテキスト「ラジオ英会話」連載（2021年4月号～2025年3月号）を加筆修正してまとめたものです。
p.142エッセイ初出：「『嵐が丘』との出会い」（「文藝春秋」令和5年5月号）

ギンガムチェックと塩漬けライム
翻訳家が読み解く海外文学の名作
2025年4月20日　第1刷発行

著　者　鴻巣友季子
©2025 Konosu Yukiko

発行者　江口 貴之

発行所　NHK出版

〒150-0042 東京都渋谷区宇田川町10-3
電話 0570-009-321（問い合わせ）　0570-000-321（注文）
ホームページ https://www.nhk-book.co.jp

印　刷　三秀舎、大熊整美堂

製　本　藤田製本

Printed in Japan　ISBN978-4-14-081987-6　C0095